엄마 한잔하고 올게

엄마 한잔하고 올게

초 판 1쇄 2023년 12월 15일

지은이 이영은, 박지연, 이혜진, 성연경
펴낸이 류종렬

펴낸곳 미다스북스
본부장 임종익
편집장 이다경
책임진행 김가영, 박유진, 윤가희, 이예나, 안채원, 김요섭, 임인영

등록 2001년 3월 21일 제2001-000040호
주소 서울시 마포구 양화로 133 서교타워 711호
전화 02) 322-7802~3
팩스 02) 6007-1845
블로그 http://blog.naver.com/midasbooks
전자주소 midasbooks@hanmail.net
페이스북 https://www.facebook.com/midasbooks425
인스타그램 https://www.instagram/midasbooks

ISBN 979-11-6910-414-2 03810

값 18,000원

미다스북스는 다음세대에게 필요한 지혜와 교양을 생각합니다.

엄마 한잔하고 올게

이영은

박지연

이혜진

성연경

네 엄마들의 슬기로운 술 생활

미다스북스

들어가는 글

술을 좋아한다는 사실을 대담하게 밝히며 술 이야기로 책을 쓸 생각은 술기운에 올라왔다.

엄마의 성장, 자기 계발, 독서에 관한 책도 있었는데 왜 하필 술 이야기가 생각났을까? 독서, 글쓰기, 자기 계발 다 좋지만, 이 이야기들을 술과 함께하는 게 좋았다. 좋아하는 일에 진심을 담고 싶었다. 우리들의 슬기로운 술 생활을 공유하고 싶었다. 비단 우리만의 이야기가 아닐 것 같았다. 강사, 작가, 글쓰기 코칭, 대학원생으로 엔잡러 삶을 살아가는 우리들의 삶에 술 이야기도 빠질수 없었다. 어쩌면 주가 술이고 다른 일들이 부일 만큼 우리는 술에 진심이다. 때로는 빵빵 터지는 에피소드로 실컷 웃기도 하고 서로의 성장을 응원하고 꿈을 이뤄가는 우리의 일상을 이 책에 펼쳐냈다.

그녀들과의 술자리가 행복했던 것만큼이나 무거운 집필 과정도 가벼워질 거로 생각했다. 어느 글쓰기보다 신나게 쓸 수 있기도 했지만, 걱정거리들도 함께 따라왔다. 집필하는 동안 '이 정도로 솔직해도 될까?', '앞으로 우리의 이미지에는 술이 동동 떠다니진 않을까?', '책에 엄마들의 술자리 이야기를 이토록 당당하게 밝혀도 괜찮을까?' 하는 생각이 멈추질 않았다. 글을 쓰는 도중은 물론 퇴고하는 과정에서도 술을 조장하는 책이 되진 않을까 염려했다.

그렇다. 이 책은 어쩌면 술을 조장하는 책이 될 수도 있다. 다만 우리처럼 술을 기분 좋게 적당히 즐기면서 자기 삶에 충실히 한다면 괜찮지 않을까 하는 생각에 집필의 용기를 내어 이어갔다. 물론 이 책의 저자인 그녀들의 삶을 보면서 확신이 들었다.

공부하다 만난 사이라 서로 선생님이라 호칭하며 3년 가까이 술자리를 가진 적이 없는 사이였다. 운명적인 한 번의 술자리로 다들 선수임을 알아본 후 함께 하는 만남이 잦아졌다. 잦아진 술자리만큼이나 추억이 쌓였다. 비단 아름답기만 한 건 아니었다. 그녀들과의 만남은 청량한 유쾌함과 함께 진한 배움이 남았다. 본인의 삶을 촘촘히 살아가는 그녀들을 보며 술자리도 성장도 함께하고 싶은 마음이 커졌다.

　두 아이의 육아 스토리가 담긴 책 『역마살 엄마의 신호등 육아』와 『꿈이 있는 엄마의 7가지 페르소나』의 저자인 박지연 작가는 프로 자기계발러이다. 하브루타 강사, 슬로리딩 강사, 티소믈리에 자격증은 물론이고 최근 '자이언트 북 컨설팅'의 라이팅 코치 양성 과정을 수료하고 글쓰기 코치로도 활동 중이다. 올해 상반기에는 『쓰면 달라진다』, 『발표 불안은 어떻게 명품 스피치가 되는가』 공동 저서도 집필했다. 새벽 수영을 시작으로 하여 그녀가 정한 하루의 루틴대로 하루를 채워나가고 있다.

　『똑똑한 엄마는 시간 관리가 다르다』의 저자 이혜진 작가는 전자책 『불렛저널 기초부터 활용까지』, 『복습으로 백 점 맞기』를 출간했다. 엄마 시간 관리 전문가답게 그녀만의 다이어리 작성법으로 하루를 계획적으로 살아간다. 또한 '자이언트 북 컨설팅'의 라이팅 코치 양성 과정을 마치고 글쓰기 강사로도 활동 중이다.

　그림책 큐레이터 강사인 성연경 작가는 교육기관과 도서관 센터에서 활발히 강의 중이며 이 책을 포함해 2020년 출간된 『나는 나를 사랑해서 책을 쓰기로 했다』를 함께 집필하기도 했다. 또한 독서법 관련 개인 저서를 집필 중이다. 뛰어난 말솜씨를 가진 그녀는 북 토크 등 여러 행사의 사회와 네이밍 만들기를 담당하고 있다. 우리 모임의 이름인 '이조합 꿀조합'과 이 책의 제목도 그녀의 작품이다.

이 책의 마지막 저자인 나는 『영어 그림책 하브루타가 말을 걸다』, 『예비 초등 엄마 마음 사전』을 집필했다. 영어 그림책 독서법 부모 강의와 의류매장을 운영 중이며 늦깎이 대학원생으로 학구열을 불태우고 있다.

술에 진심인 만큼 삶에도 진심인 우리다. 술을 좋아하지만, 할 일을 하면서 끊임없이 공부도 게을리하지 않는 엄마들. 철없어 보이지만 무엇보다 자기 일에 진지한 엄마들. 각자 술에 대한 철학과 음주 전후의 루틴 그리고 우리의 술자리 에피소드를 책에 솔직하게 녹여냈다. 더불어 음주 후 생긴 우리들의 배움 또한 더했다.

엄마, 작가, 강사로 살아가는 우리들의 이야기는 술자리와 함께 농익어 갔다. 이토록 무례하고 고단한 세상에서 우리는 많은 것들을 함께 나누었다. 술자리에서 하는 그녀의 고민이 내 이야기인 것 같아 위로되었다. 한잔 마시고 털어놓는 그녀의 꿈 이야기를 통해 내 꿈도 커졌다. 우리들의 유쾌하고 발칙한 주사가 나타날 때면 각자의 매력도 함께 올라갔다. 때로는 술자리에서 오고 간 얘기들이 기억나지 않지만, 신기하게도 다음날 용기가 생기고 버텨낼 힘이 솟아올랐다.

우리의 책이 귀한 독자들에게 무더위에 들이켠 한 잔의 맥주와 같은 청량함을, 추운 겨울 따끈한 어묵탕에 곁들인 소주 같은 달콤 쌉쌀함을, 허기와 추억을 함께 채워주는 한잔의 막걸리와 같은 구수한 여운이 남길 온 마음을 담아 바라본다.

　

　

－ 한잔하기 좋은 밤에 이영은

목차

4장

**살아온 날들,
살아갈 날들**

5장

**엄마,
다시 꿈을 꾸다**

1장

좋은 친구들,
도시의 술자리

1.

술이 단 날과 쓴 날

이영은

두근두근 설레는 마음으로 첫 잔을 입술에 갖다 댄다.
딱 반 잔 정도만 입에 넣고 오늘의 소주 맛을 느껴본다.
카~ 큰일 났다! 오늘도 달다.

안주로 술의 맛을 사라지게 만들고 싶지 않을 정도로 혀에 느껴지는 맛이 설탕물처럼 단 날이 있다. 반면 혀에 닿기도 전 알코올 향이 코에서부터 확 올라와 저절로 눈살을 찌푸리게 만드는 날이 있다. 소주가 단 날엔 기분 좋은 설렘이 계속되거나 흥이 더 올라간다. 반면에 쓴맛에 미간 사이 삼지창이 절로 그려지는 날엔 술 생각이 달아나면서 기분이 살짝 내려앉기도 한다.

그래서인지 술을 먹기 전 '오늘의 술맛이 어떨까?' 하는 설레는 물음을 가지고 술자리로 향한다. 이제는 대충 오늘 술맛이 어떨지 가늠할 수 있다.

술맛이 결정되는 데는 크게 세 가지가 있다. 물론 주관적인 나의 통계이다.

첫 번째 술과 함께하는 공간과 안주이다.

집이 아닐수록 맛은 좋아진다. 캠핑이나 여행 중 자연 속에서 마시는 술맛은 맑은 공기만큼이나 청량하다. 비가 오거나 날씨가 끄무레한 날 활기차고 생기가 도는 식당에 들어서자마자 날씨와 함께 마음속에 있었던 먹구름이 걷히는 기분이다. 노릇노릇 고소한 냄새가 향긋하게 퍼지는 막창집이나 붉은 노을의 때깔처럼 익어가는 곰장어 가게에 들어설 때도 마찬가지이다. 문을 열고 들어서는 순간 기분 좋은 술맛이 느껴질 것 같은 예감이 든다. 바싹바싹 익어가는 막창과 함께하는 소주 한 잔은 떼려야 뗄 수 없다. 짜증과 스트레스가 잔뜩 쌓인 날 연기가 자욱한 곳에서 땀을 빠직 흘려가며 구워 먹는 곰장어에 소주 역시 빠질 수 없다. 매콤하고 쫄깃하게 씹을수록 고소해지는 곰장어와 먹는 소주는 안주를 더 빛내어 준다. 후덥지근하고 눅눅한 기분이 드는 여름날이면 생각나는 집이 있다. 온몸이 땀으로 범벅되어 끈적끈적할 때 가게 문을 열자마자 피부가 뽀송해지는 시원한 호프집에 앉아 살얼음 동동 뜬 생맥주를 들이키는 맛은 또 어떠한가. 뜨거운 여름날 바닷가에서 파도타기 하며 바닷물에 온몸을 적실 때보다 더 시원하다.

　두 번째 하루 종일 고되게 일을 하고 나서 먹는 맛이다. 몸으로 하는 일이든 머리로 하는 일이든 힘든 일을 한 후에 마시는 술은 피로를 씻어줄 뿐만 아니라 뿌듯함에 맛도 더해진다. 달리 '노동주'라는 말이 나왔을까. 매장에 손님이 많아 종일 종종걸음으로 다니며 진상 고객을 대한 날이면 끝나고 시원한 맥주 한잔을 생각하며 끝까지 웃음으로 버티기도 한다. 몇 주 전부터 마음에 큰 돌덩이를 안고 다니는 대학원 시험 기간에도 한잔 술 생각으로 버텨나가기도 한다. 시험 마지막 날 들이키는 소맥 한 잔의 맛은 늦깎이 대학원 생활의 즐거움 중 하나이다. 글 쓰는 사람이 먹는 최고의 '노동주'는 뭐니 뭐니 해도 초고를 마무리하고 한잔하는 맛이다. 때로는 그 맛을 느끼기 위해 글을 쓰기도 한다.(사실 이 책도 그렇게 시작되었다.)

　마지막으로 중요한 요소는 바로 누구와 함께하느냐이다. 사실 첫 번째, 두 번째 요소가 빠지게 되더라도 세 번째 요소만 있어도 술맛은 달라진다.

이십 대 시절 썸 타는 이성 혹은 사랑하는 사람과 마셨던 술의 맛은 연애의 맛이었다. 삼십 대, 동료들과 상사 뒷담화와 일 얘기하며 파이팅을 외치며 마셨던 술맛은 열정의 맛이었다.

사십 대인 지금, 지난 추억을 얘기하며 또 함께 꿈을 얘기할 수 있는 친구들과의 술맛은 인생의 맛이다.

소싯적 사람 가리지 않고 술을 먹었다면 이제는 좀 달라졌다. 좋아하는 술을 맛있고 슬기롭게 즐기기 위해서는 함께 먹는 이들도 중요했다. 함께하는 술친구들의 몇 가지 공통점이 있는데 곰곰이 되짚어 보니 나의 술 태도와도 비슷했다.

술을 즐기지만, 주사는 없다. 굳이 주사라고 말한다면 기분이 더 좋아지고 목소리가 커지는 것이다. 또한 술자리에서 남의 험담을 하지 않는다. 달콤한 안주로 시작한 뒷담화의 끝은 언제나 씁쓸함이 따라왔다. 다른 이들의 가십거리보단 우리의 일상을 이야기한다. 본인이 이루고 싶은 꿈 얘기를 하거나 함께 이룰 수 있는 꿈을 상상하며 즐거워한다. 사소한 얘기부터 깊은 얘기까지 많은 얘기를 나눈다. 이때 빠지지 않는 중요한 감정 상태는 바로 즐거움이다.

고민, 아픔을 나눌 때면 그들의 힘듦을 묵묵히 응원하고 인정해주고 싶다. 그들의 꿈과 희망을 들을 때면 누구보다 응원하고 함께 성장하고 싶어진다. 이런 이들과 함께 할 때면 술자리에서 무엇보다 내가 좋은 사람이 되고 싶어진다. 좋은 말 긍정의 기운을 나눌 수 있는 만남이 좋다. 서로 예쁘고 멋져 보이고 상대방을 통해 배울 수 있는 만남이 좋다.

다음날까지도 뒤끝이 없는 깨끗한 만남. 비록 몸에는 숙취가 남더라도 마음의 숙취가 없는 이들과의 만남이 반갑다.

다양한 맛을 가진 음식은 많다. 애주가로서 술의 매력을 말하자면 끝도 없겠지만 그중에 단연코 최고는 매 상황과 사람에 따라 달라지는 술맛이 아닐까. 어떤 맛있는 음식이라도 매일 먹으면 질리기 마련이다. 인생도 마찬가지다. 인생이 늘 같다면 배울 것도 아쉬워할 것도 더 기대할 것도 없을 것이다. 하루하루가 다르기에 힘겹지만, 또 다른 내일을 생각하며 기대하고 힘을 내어본다.

술이 나를 좌우한다면 심신을 해치고 오히려 더 큰 스트레스를 줄 수 있지만 내가 술을 이용해 삶을 즐기고 배울 수 있다면 좋은 윤활유가 될 수 있다. 어른들만 누릴 수 있는 특권인 한 잔의 술이 있어 다행이다.

무엇보다도 나에게 부끄럽지 않은 날 마시는 한 잔의 술. 최고다!

2.

발걸음이 가벼운 만남

이영은

마음속까지 불어오는 시원한 바람.

나를 보며 웃어주는 크림색 달빛.

춤추는 듯 사뿐하게 내딛는 가벼운 발걸음.

뻐근하게 벅차오르는 충만한 마음

모두 그대와의 만남 덕분이겠지요.

'날이 참 좋다.' 생각하며 밤길을 걸었다. 고개를 들어 하늘을 보
니 익숙함에 지나치며 보던 달마저 더 예뻐 보인다. 집에 가는 발
걸음은 춤을 추듯 가볍기만 하다. 만나기 전 기대와 설렘도 좋지
만 헤어진 후 드는 이 뿌듯함은 더 좋다.

불현듯 얼마 전 만남이 생각났다. 비슷한 날씨, 지금과 같은 길이지만 다른 기분이었다.

몇 번을 취소하고 어렵게 다시 약속을 잡은 만남이었다. 미루었던 만남은 끝까지 미루어야 했다. 마음이 내키지 않은 만남은 접어야 했다. 오랜만에 만난 반가움도 잠시, 기분이 내려앉고 말수가 줄어들었다. 만나자마자 무슨 옷을 입었는지 들고 온 백은 뭔지 아래위로 훑어보기 바쁘다. 다들 돌려치기 자랑하기를 어찌나 잘하는지 처음 몇 번은 진짜 푸념인 줄 알았다. 계속 듣다 보니 남편 자랑, 자식 자랑, 시댁 자랑, 지인 자랑이었다. 정작 본인 얘기는 쏙 빠져 있었다. 피로감이 몰려든다. 이러려고 부리나케 애들 저녁 차려주고 시간 쪼개가며 나오는 게 아닌데 하며 후회했다. 며칠 전부터 먹고 싶었던 감바스와 파스타는 오늘따라 신선도가 떨어진 느낌이었고 술잔은 점점 따뜻해져만 갔다. 다음에는 내가 이 자리에 없겠다고 생각하고 있는데 궁금하지도 않을 내 안부를 묻는다. 평소와 다를 것 없다는 말 말고는 더 이상 하고 싶은 말이 생각나지 않는다. 그들이 나에게 듣고 싶은 말은 그저 '부럽다 예쁘다 좋겠다.'라는 얘기일 뿐 내 속마음 이야기가 아니라는 걸 알기에 입을 다물어버렸다.

오늘은 그날과는 달랐다. 미리 약속을 정하지 않은 번개모임이었다. 톡방에서 얘기하다 '막창에 고사리 구워 먹고 싶다.' 나의 한마디로 만남이 성사되었다. 다들 어찌나 건수를 잘 낚아채는지 미끼 하나만 던져도 서로 건지기 바쁘다. 정확한 약속 시간을 정하지도 않는다. 올 수 있는 순서대로 중간 거리에 있는 막창집으로 모인다. 모두가 모였을 때 함께 음식을 시작하는 예의는 우리에겐 없다. 혼자 도착하더라도 착석과 동시에 주문하고 굽기 시작한다. 물론 술도 마찬가지이다. 오는 순서대로 마시기 바쁘다. 그 누구도 왜 먼저 먹었냐며 섭섭해 하지 않는다. 사소함에 서운해 하지 않는 우리가 좋다. 아니 그럴 생각조차 할 겨를이 없다. 맛있게 먹고 신나게 얘기하고 시원하게 웃으면 그뿐이다.

한결같이 서로 얘기하기 바쁘다. 다들 자기 얘기만 한다. 그러다 우스운 농담이 나오면 마음껏 웃는다. 웃는 동안 생각한다. '아~ 스트레스 풀려~ 아~ 재미있다!' 가끔 진지한 얘기가 나와도 다시 가벼운 농담으로 마무리되기 일쑤이다. 나도 할 말이 많아진다. 얘기할수록 내 마음에 있었던 얘기를 꺼내고 싶다.

'애들 키우면서 엄마가 그것까지 할 수 있겠어?'
'주부가 어떻게?'

'사십 대가 새로운 일을 도전하고 잘 할 수 있을까?'

하는 낡은 생각 따윈 없다. 술자리에서 우리는 하고 싶은 게 많은 엄마도, 아내도 여자도 아니다. 그저 여전히 꿈을 꾸고 간직하고 있는 한 사람일 뿐이다. 내 가치를 스스로 찾아 성장하고 싶은 사람. 잘할 자신보다 뭐든 시작해서 부딪혀 볼 수 있는 사람, 나의 모든 면을 존중하는 사람이다.

삼자가 우리 술자리를 본다면 정신없고 시끄러운 아줌마들 모임으로 볼지도 모른다. 별 웃기지도 않는 얘기에 떠나갈 듯 웃는다. 엄마들이 자식 얘기, 교육 얘기는 안 하고 자기들 하고 싶은 얘기만 늘어놓는다. 진지한 얘기를 시작하려고 하면 무조건 된다! 비비드 드림을 외치기 일쑤이다. 흡사 조금은 나사 빠진 아줌마들이라 생각할 수도 있겠다.

그러한들 어떠하리. 저러한들 어떠하리.

농담으로 치부해 버리는 것 같지만 진심으로 서로의 삶을 응원하고 있다는 것을 우리는 안다. 술자리에서 우리는 아이들 걱정에 노심초사하는 엄마도, 신랑 반찬거리 걱정하는 아내도, 다이어트는 언제 시작하냐 걱정하는 여자도 아니다.

가치 있는 사람. 뭐든 할 수 있는 사람, 나의 모든 면을 존중하는 사람이다.

허황된 꿈이라 보일지 몰라도 너는 할 수 있을 거라는 믿음을 가지고 있다는 것을 우리는 안다. 서로의 마음과 생각을 귀담아 듣는 것 같지 않지만, 누구보다 더 이해하고 공감한다는 것을 우리는 안다. 이런 마음과 기운이 통했기에 집으로 오는 이처럼 발걸음이 가벼웠나 보다.

이렇게 마신 술맛은 말해 뭐해.

3.

오랜 친구보다 편한
술친구

박지연

　우리 집 두 아들의 에너지는 어릴 적부터 국보급이었다. 우리 애가 가장 활발하다고 말하던 엄마들도 나의 두 아이를 보는 순간 그 말을 삼켰다. 이 집 엄마는 살이 안 찌는 이유가 있다며 결론짓기도 했다. 총량의 법칙이 존재한다면, 이 아이들은 클수록 차분해질 거라는 심심한 위로를 전하기도 했다.

　한창 손이 많이 가던 3세, 5세. 남편은 평일, 주말 할 것 없이 늦게 귀가했다. 하루를 시작하고 마무리할 때까지 혼자 아이들을 보는 날이 대부분이었다. 매일 밤 아이들이 잠들고 나면 냉장고에서 피로해소제인 맥주 한 캔을 꺼냈다. 가끔은 조금 더 마시고 싶고, 취하고 싶을 때도 있지만 그럴 수 없었다. 둘째의 기상 시간은 새벽 5시. 술기운에 널브러질 여유가 없었다. 혼자 마시는 한 캔은 언제나 2% 부족하지만, 그 정도라도 어디냐며 잠자리에 들었다.

초등학교, 중학교, 고등학교에 다닐 때만 해도 친하게 지내던 친구들과 평생 만날 줄 알았다. 그게 아닐 수도 있다는 걸 고등학생이 되어서야 깨달았다. 12년 동안의 학창 시절을 보냈지만, 유일하게 남아 있는 친구라고는 열아홉 살 인생의 풍파를 함께 겪은 고등학교 3학년 때 몇 명이 전부다. 사회생활을 할 때도 하루걸러 하루 연락할 만큼 가깝게 지냈다. 그러던 우리가, 결혼하며 다른 지방으로 흩어졌다. 비슷한 시기에 엄마가 되었고 육아에 전념하며 살았다. 숨 좀 돌리나 싶었는데 약속이라도 한 듯 둘째까지 낳았다. 가정에 집중하다 보니 연락하는 틈이 벌어졌다. 잠시겠거니 하던 시기는 점차 길어졌다. 설상가상으로, 결혼하지 않은 친구들과는 단절되기 직전이었다. 공감대가 없어서일까, 여유가 없어서일까. 빈자리를 새로운 사람으로 채워나갔다.

고등학교 3학년 때 두 명의 짝꿍이 있었다. 한 명은 나와 같은 버릇이 있다. 왼손 검지와 엄지로 머리카락을 만지다가 곱슬머리가 걸리면 뽑거나 양손으로 당겨서 늘린다. 교실 중간쯤 앉아 머리카락을 만지는 모습을 보는 뒷자리 아이들은 짝꿍 궁합 한번 기가 막힌다고 했다. 대학 졸업 후, 그 친구는 미용사가 되었다. 현재는 육아에 집중하고 있지만, 가끔 만나도 그때 그 시절처럼 머리카락을 쓸어내리는 상황이 반복된다.

나머지 한 명의 짝꿍과는 같은 대학을 나오며 긴 우정을 이어갔다. 그 친구가 결혼 후 서울로 가게 되며 이전보다는 연락과 만남이 줄었다. 1년에 한두 번 만날까 말까 하지만, 지난날을 안주 삼아 놀다 보면 시간의 흐름을 잊게 된다. 추억을 공유할 수 있는 그들이 있어, 학창 시절은 여전히 핑크빛이다.

첫째가 어린이집과 유치원에 다닐 때마다 친해지는 엄마가 생겼다. 살아온 환경, 직업, 나이도 제각각이다. 도보로 3분이면 오갈 수 있는 거리에 살아 수다 떨고, 음식을 나눠 먹고, 아이들도 봐주며 손을 보태다 보니 가까워졌다. 언니 동생으로 친해진 우리는, 낮이 아닌 밤 외출에도 시동을 걸었다. 아이들을 재우고 나오느라 밤 10시는 지나야 한다. 누구라도 집에서 전화가 걸려 올 경우를 대비해 아파트 정문 앞 맥줏집에서만 만났다. 너 나 할 것 없이 가능한 시간에 맞춰 도착했다. 다른 테이블은 비어가는데, 우리만 채워진다. 남편들은 그렇게까지 만날 필요가 있냐, 밤에 할 이야기가 뭐가 있냐, 다음날 더 피곤하지 않냐고 하지만 개의치 않았다. 같이 할 수 있는 자체가 힐링이었다. 나를 포함한 몇 명은 인근의 다른 동네로 이사한 상황이지만, 여전히 끈끈한 인연을 유지하며 가까운 이웃으로 남아 있다.

그리고 느지막이 친해진 이들이 있다. 40년 인생 시작점에 만난 4인방이다. 평소에도 했던 말 또 하고, 잘 까먹고, 일 얘기보단 술 얘기를 많이 하는 우리지만 공통분모가 있다. 이른 기상을 하고, 독서를 즐기고, 글을 쓴다. 모두 자녀가 두 명이고, 아이들 나이대도 비슷하다. 무엇보다, 술이 결정타를 날렸다. 한 명이라도 술을 가까이하지 않았다면 어떻게 지내고 있을까. 술자리에서 자유로운 영혼이 될 수도, 호탕하게 웃을 수도, 몸에 리듬을 실을 수도 없었을 테다. 4년 전, 처음 만났을 때처럼 본연의 페르소나를 숨기고 공부만 하는 이미지를 고수하며 일로만 만나고 있을지도 모른다.

육아로 인해 몇 년간, 어쩔 수 없이 집순이의 삶을 살았다. 그래야만 하는 줄 알았다. 아이들이 잠든 밤에 집 안을 정리하며 맥주 한 캔 마시고, 몇 달에 한 번씩 밤 외출을 하는 게 유일한 사치이자 호사였다.

엄마의 삶을 살기 시작하며 나를 둘러싼 인간관계가 좁아졌지만, 그 자리를 대신해 줄 이들이 생겼다. 몇 안 되는 학창 시절 친구, 육아 공동체, 자기 계발의 목적을 가지고 만난 동반자다. 다른 위치에서, 다른 일을 하며, 다른 삶을 살지만 우리는 저마다 목표가 있고 공통분모가 있다. 오랜만에 만나도, 자주 만나도 속 시원한 대화를 나눌 수 있는 건 술이라는 징검다리가 있기 때문이 아닐까.

앞으로도 어떤 사람들을 만나게 될지 알 수 없지만, 자기의 삶을 열심히 살아가는 이들이면 좋겠고, 이왕이면 애주가라는 교집합도 있으면 좋겠다.

4.

멀어서 더 자주 보는 사이

박지연

혜진이 이사 일주일 전, 대구 혜진이 집.

"우리 혜진이, 이사 가면 자주 못 봐서 어째. 그냥 지금처럼 주말부부로 지내면 안 돼?"

두 달 뒤, 서울 광화문 교보문고.

"혜진아, 여기서 만나니까 색다르네. 안 멀었어? 잠시라도 볼 수 있어서 좋다."

한 달 뒤, 원주 혜진이 집.

"혜진아, 인제에 캠핑왔다가 내려가는 길인데 조금만 더 가면 원주라고 나오네. 오랜만에 애들이랑 같이 놀까?

 일주일 뒤, 우리 집.
 "혜진아, 우리는 안방에서 잘 거니까, 너희 가족은 애들 방에서 자면 돼. 갈아입을 옷이랑 화장품이랑 여기 있어. 필요한 거 있으면 이야기하고."

 그 후, 한 달에 최소 한두 번은 만나는 혜진이. 코로나 시국 때도 한 달에 한 번 만날까 말까 했는데. 서울, 대구, 원주 등 전국구로 돌아다니며 만난다.

 차로 15분 거리에 살던 영은이가 30분 정도 떨어진 곳으로 이사를 갔다. 가는 시간은 두 배 정도 늘었지만, 체감상 거리는 그 이상이다. 같은 지역이지만 외곽에 있는 신도시처럼 떨어져 있는 동네. 거기까지 가려면 악성 교통체증 구간 두 곳을 넘어야 하고 공항을 지나 자동차 전용도로도 달려야 한다.
 "영은아, 집들이 언제 할 건데? 다 같이 만나기 너무 힘들다. 집들이 겸 우리 둘째 생일 파티 겸 이번에 좀 보자."
 두 개의 행사를 겹치며 혜진이네를 제외한 세 가족이 모였다.

엄마들은 엄마들대로, 남편들은 남편들대로, 아이들은 아이들대로 대화거리가 달랐다. 따로 또 같이하는 시간을 존중하고자 나, 영은, 연경은 해산물을 먹는다는 핑계로 '해녀의 꿈'에서 수다와 안주 꽃을 피우고 돌아왔다.

일주일 뒤. 지난주와 같은 장소에 완성체로 모였다. 포장마차 분위기가 물씬 풍기는 원형 테이블에 둥글게 앉았다. 발밑에 있는 빨간 양동이 안에, 얼음과 함께 소주 4병이 채워져 있다. 해산물 모둠 大, 도다리쑥국, 해물라면을 먹으며 오랜만에 만난 사람들처럼 많은 대화와 세상 요란한 웃음을 나누며 자정을 넘기고 헤어졌다.

일주일 뒤, 나랑 영은이만 만났다. 거기서 우리 집까지 택시비는 만 오천 원, 대리 운전비는 2만 원이 넘는다. 일주일 전 만 해도 당분간 못 오겠다고 했는데, 또 같은 집, 같은 야외 좌석에 앉아 있다. 지나가던 어르신 두 분이 인사를 건넨다. 영은이 어머님과 아버님이다. 레드썬이 작동한다. 조금만 마신 척하려 애썼다. 가시는 모습을 본 후, 한 잔 마시려 할 찰나 영은이 딸과 남편이 왔다. 사장님의 반려견인 송이를 보고 반한 딸은 10시가 넘어도 갈 생각이 없다. 두 명이 시작한 술자리는 강아지를 포함해 다섯이 되었다. 사장님이 옆집에서 시켜준 치킨까지 먹고 훈훈하게 헤어졌다.

일주일 뒤, 이번에는 우리 가족이 출동했다. 횟집이라서 가기 싫다던 아이들이 맞는 건가. 먹성 좋은 아이들은 앉자마자, 떡볶이, 해시브라운, 초당 옥수수를 흡입했다. 마침, 영은이랑 교환할 책이 있었다. 피곤하다면서 굳이 여기로 나온단다. 접선 장소가 불안하다. 책만 교환하고 갈 것인가, 의자에 앉을 것인가. 나는 '그냥 간다'에 한 표, 남편은 '무조건 앉는다'에 한 표 던졌다. 멀리서 우리 테이블로 걸어오는 그림자가 보인다. 오자마자 책을 건네더니, 가게 안으로 들어간다. 사장님 가족에게 인사하고 나오더니 내 자리 옆에 앉는다.

"피곤하다며, 집에 안 가니?"

"우아, 나 진짜 피곤해서 쓰러졌잖아. 근데 갑자기 살아나네. 이거 내 술잔인가?"

멀어지면 자주 못 만날 줄 알았다. 헤어질 때 표현한 아쉬움이 민망할 지경이다. 이제는 혜진이를 만나면 반가운 인사는 생략한다. 말 대신 웃음이 오간다.

영은이랑 나 사이에는 목요일 저녁만 되면 메시지가 오간다.

"영은아."

"하하."

전화를 건다. 이맘 저 맘, 네 맘 내 맘, 이심전심이다.

"그래서 언제? 몇 시? 일단 내일까지 해야 하는 거 다 끝내고 다시 통화하자. 간 잘 챙기고."

다음 날, 같은 장소 같은 자리다. 조금이라도 멀쩡할 때 사진을 찍어야 한다. 객원 멤버인 사장님 딸, 솔미를 부른다. 사진 찍어달라고 불렀는데, 본인도 단장하고 앉는다. 찍어주고, 같이 찍고 난리도 이런 난리가 없다. 자리에 앉아 '이조합 꿀조합' 단톡방에 올린다.

"언니들, 또 거기 갔어요? 대단하다."

"너도 올 수 있으면 와."

"가기도 전에 질린다."라며 답장을 보낸 연경이는, 멀리서부터 동영상을 찍으며 입장한다.

"진짜 좋겠다. 나도 거기 있고 싶어요." 미안한 마음을 느낄 새도 없이, 혜진이로부터 막걸리와 안주가 담긴 사진이 도착한다.

우리가 술을 즐긴다는 공통점이 없었더라면 '눈에서 멀어지면 마음도 멀어진다.'라는 공식이 성립했을지도 모른다. 공통된 관심사가 있다면, 동반 성장이라는 목표가 있다면, 서로를 향한 믿음만 있다면 물리적 거리는 아무 문제 되지 않는다. 술자리의 모습만 보면 오늘만 사는 사람처럼 보일지 모르나, 평소에는 각자의 자리에서 최선을 다해 살아가는 우리다.

5.

나의 3대 맥주

이혜진

빅토리아, 이구아수, 나이아가라.

뮌헨 옥토버, 삿포로 눈, 리우 카니발.

이탈리아 나폴리, 브라질 리우데자네이루, 호주 시드니.

세계 3대 폭포, 축제, 미항이다. 사람들이 나에게 어떤 맥주를 마실 건지 물어보면 세 개 중에서 고른다. 테라, 칭다오, 페루 맥주 꾸스께냐. 꾸스께냐는 국내에 유통되고 있지 않으나 다시 마트에서 보게 된다면 박스째 사 오고 싶은 맥주다. 이렇게 좋아하는 특정 제품이 있음에도 불구하고 추억 속 맥주가 있다. 기분 전환하고 싶을 때 떠올린다. 그 순간도 좋았으나 지금까지도 웃게 되는 이유는 그때처럼 마시지 못한다는 상황 때문 아닐까? 결혼하기 전에 좋았던 추억을 떠올리면 친구들과 마셨던 술자리가 생각난다. 맥주와 관련한 세 개의 추억이 있다. 고등학교 때 만난 친구들이 주인공이다. 그녀들 역시 술과 사람을 좋아한다. 우리는 게임할 때도, 노래 부를 때도, 대화할 때도 정상적인 순간이 없다고 해도 과언이 아니다. 그래서일까. 마실 때마다 재미있는 일이 일어났다.

하나는 '슬러시 맥주'이다. 십여 년 전 5월 주말이었다. 1박 2일 캠핑을 떠났다. 친구네 커플이 계획 잡았고 다른 친구와 나는 얹혀 갔다. 생긴 지 얼마 되지 않은 거창에 있는 캠핑장이었다. 나무 그늘이 있어서 뜨거웠던 햇빛을 막아줬다. 캠핑장에서 돌계단을 걸어 내려가면 발 담글 수 있는 물이 있었다. 무엇보다도 좋았던 점은 카페 오픈 예정지에 있던 냉장고를 사용할 수 있게 해줬다는 것이다. 가지고 간 아이스박스에는 고기와 맥주 피처 한두 개 정도만 겨우 담을 수 있었다. 냉장고에 음식을 넣어도 된다는 주인의 말에 냉장고와 냉동실에 맥주를 넣어 두었다. 텐트 설치하고 마실 카스는 냉동실에, 저녁 먹으며 소주와 섞어 마실 맥주는 냉장고에 넣었다. 술을 사랑하는 우리에게 냉장고 사용 허락은 주위에 소문내고 싶은 곳이었다.

캠핑 첫날, 기억나는 게 많이 없다. 친구들끼리 온 첫 캠핑이라는 즐거움과 설렘으로 시작했다. 아마 텐트 치고 난 후에 아직 덜 차가운 맥주를 꺼내 한잔 마셨을 테다. 고기 구워 먹으며 소맥을 마시다 잠잔 걸로 기억한다. 떠나는 날은 짐 챙기기에 바쁘다. 냉동실에 있던 맥주가 생각났다. 술을 섞어 마시다가 배불러 소주로 바꾸면서 맥주를 꺼내지 못했다. 최소 12시간, 꽝꽝 얼었다. 남긴 술은 보통 집에 가지고 간다. 이날만큼은 아니다. 한 명이 희생하기로 했다. 네 명 중, 운전할 줄 아는 한 사람만 있으면 된다. 친구의 남자친구가 당첨. 우리 셋은 햇빛이 비치는 곳에 피처 한 병을 세워 두었다. 종이컵과 맥주만 빼고 차에 짐을 실었다. '가기 전까지 조금이라도 녹아라.'

"혜진아, 윤희야! 대박이야!"

뚜껑을 열고 기울였다. 지붕 위에 쌓인 눈이 폭포처럼 흘러내리는 듯했다. 피처 용기만 가리면 슬러시이다. 학교 앞에서 300원, 500원 내고 먹던 그때를 기억한다. 간식으로 먹던 그때, 얼마나 좋았던가. 지금은 '슬러시 맥주'이다. 캠핑 가면, 날이 더워지면 친구들이 생각난다. 십 년이 지났는데도 맥주를 따르면 그때가 기억난다. 이런 추억 하나로 피식 웃었고, 혼자라는 생각이 들 때 견딜 수 있었다.

두 번째 에피소드는 같은 해 8, 9월이었던 걸로 기억한다. 공부방 운영하는 친구가 전라북도 고창에 현장 체험 학습을 가는데 자리가 남았다며 같이 가자고 했다. 버스 타는 곳에 도착하니 졸업 이후 처음 만나는 친구가 일곱 명쯤 있었다. 맨 뒷자리에 앉았다. 수학여행 가는 기분이다. 그때와 달라진 점이 있다면, 음료가 아니라 술을 마신다는 점이다. 휴게소에 들렀다. 알감자 대신 맥주 산다. 어디서 챙겨왔는지 모르겠지만 종이컵홀더에 맥주를 끼웠다. 빨대까지 꽂아서. 이른바 '빨대 맥주'였다. 맥주, 종이컵홀더, 빨대. 이 세 개의 궁합이 좋았다. 학창 시절 이야기도 했고, 지금 살아가는 대화도 나누었다. 중간중간 한 모금씩 마시던 맥주. 앞에 앉은 학생이 뒤돌아보면 보이는 캔을 손으로 가리며 마셨다. 버스만 타면 기억난다. 캔 맥주에 빨대 꽂으면 혼자 웃는다.

이후에 다른 곳에서도 먹었다. 흔히 알고 있는 방법이기도 하고 이렇게 마시면 더 맛있다는 사람도 있다. 뭔가 빠졌다. 종이컵홀더와 웃음. 종이컵홀더는 한 끗 차이였다. 하굣길에 지나가는 차에서 '꽥꽥' 소리만 듣고도 배꼽을 잡고 웃었던 그때. 버스 뒷자리에 앉았을 때도 그랬다. 오랜만에 만나서 거침없는 입담에, 지난 추억까지 이야기하며 시도 때도 없이 웃었다.

그때가 생각나면 혼자서라도 '빨대 맥주'를 마시고 싶다. 편의점에서 테라를 계산하고 빨대 하나 챙기는 상상을 한다. 있다면 종이컵홀더도 부탁한다. 빨대로 쭉 빨아 마신다. 상상은 여기까지. 현실은 오후에 아이 데리러 운전해야 하는 엄마이다. 마음은 아이스 테라인데 손에는 아이스 아메리카노를 들고 있다.

마지막 에피소드는 '얼음잔 생맥'에 관한 이야기다. 일 끝나면 전화한다. 오늘도 친구를 만나기 위해 낮에 다 처리한다. 퇴근 전에 올라온 서류는 가뿐하게 다음 날로 넘긴다. 시동을 켠다. 블루투스가 연결되자마자 통화버튼을 누른다. 거기로 가면 되냐고 묻는다. 대화가 십 초 넘지 않는다. 두 군데 중 하나다. 지금은 없어진 곰장어 파는 가게, 그 근처에 있던 '쪼끼쪼끼'. 호프집에서는 얼음 잔을 준다. 생맥주 파는 곳이 많음에도 불구하고 이 집만 간다. 여기를 좋아하는 이유는 일단 시원하기 때문이다. 한두 모금 마시고 나면 잔에 맥주 링이 보인다. 그때 우리는 괜찮은 맥주에 엔젤링이 생긴다며 좋아했다. 도착하면 마시는 한 모금에 한 줄, 목이 말라 또 마시면 한 줄, 기본 안주 먹다가 또 한 줄. 한 줄씩 새겨질수록 우리의 기분은 좋아진다.

두 명의 친구가 결혼하고 가는 일은 줄었다. 한 명은 창원으로, 한 명은 수성구로 이사 간 후에는 명절에만 겨우 만날 수 있었다.

그 만남도 친구의 임신으로 술집이 아니라 카페에서 만났다. 각자 결혼과 출산을 하고 이제는 겨우 통화만 일 년에 한두 번 한다.

회사 직원 몇 명에게 맥주가 맛있는 곳이라며 추천해 같이 갔다. 사장님도, 안주도, 맥주잔도, 늘 나오던 야구 중계도 똑같다. 단지 그 맛이 나지 않을 뿐. 그날따라 친구들이 더 그리웠다. 어떤 사람과 먹느냐에 따라 달라진다는 말을 알 수 있었던 날이다.

육아와 집안일의 되풀이. 나를 잃어버린 것만 같은 느낌. 이럴 때일수록 좋았던 추억이 필요하다. 여행, 남편과 데이트, 아이 사진 등 웃을 수 있는 거리는 사람마다 다르다. 그중 술이 포함되지 않을 이유는 없다. 나는 친구들과 술 마시던 날이 떠올랐다. 마실 때의 분위기, 그때의 좋았던 감정이 있으면 되지 않을까. 3대 맥주 추억 덕분에 기분 전환을 한다.

추억, 지나간 일이다. 과거만 회상할 수 없다. 10년 뒤, '그때 그랬지' 웃으며 떠올릴 수 있으려면 지금을, 오늘을 잘 보내야 한다. 할 일 하고, 술 마신다. 어쩌면 훗날 추억을 떠올리기 위해서 오늘도 한잔하고 있는 것일지도 모른다.

6.

내가 좋았던 곳을
너와 함께 하고 싶다

이혜진

사랑인가 봐. 함께 하는 모습을 그린다. 방금 헤어졌는데 또 보고 싶다. 같이 있으면 적어도 한 번은 광대가 얼얼해질 정도로 웃는다. 약속 잡고 나면 D-day만 기다리고 있다. 초반에도 그랬다. 목요일, 일주일 중 딱 하루, 모두가 시간이 되는 날. 만날 때마다 많이 웃었다. 뭐 때문에 그렇게 웃었는지는 따로 적어놓지 않아서, 기억나지 않아서 모르겠다. 그저 마시면서 즐거웠다는 감정만 남아 있다. 수많은 이야기 중 우리의 아지트를 빼먹을 수 없다. 처음부터 우리와 같이 갔던 식당은 아니다. 가보니까 좋아서, 이 모임이 생각나서, 좋아할 것 같아서 우리를 데리고 갔다. 마치 사랑하는 사람이 돼지고기를 먹다가 맛있어서 같이 가고 싶은 마음이 드는, 분위기가 좋은 곳이면 생각나는, 좋아하는 색깔을 보면 사주고 싶은 것처럼 말이다.

첫 번째는 신천시장의 '쿨비어'이다. 이곳의 대표 메뉴는 먹태다. 비 오는 날보다는 해가 쨍쨍한 날이 더 바삭하다. 다음 날 먹어도 눅눅하지 않다. 먹태가 나오면 지연 언니는 맨 밑에 있는 껍질을 먹기 좋은 크기로 뜯어 먹여준다. 껍질이 가장 맛있으니 이것부터 먹으라고 하면서. 마요네즈와 송송 썬 청양고추가 진한 색 소스 위에 올라가 있다. 보통 이 소스를 하나만 주기 때문에 우리는 주문할 때부터 추가한다.

이 집을 소개해 준 지연 언니는 동네 엄마들과 자주 왔다고 했다. 여러 번 왔으니 어떻게 굽냐고 물어도 봤는데 아무리 단골이라 하더라도 가르쳐 주지 않았다고 한다. 내가 처음 갔던 날, 지연 언니는 주인아주머니에게 나를 강조했다. 월배에서 택시 타고 사십 분을 왔다고. 그래서일까. 사장님은 비법 중 일부를 얘기했다. 네 명 모두 기억하지 못한다. 괜찮다. 가서 먹을 수 있으니. 쿨비어를 다녀온 지 열흘 정도 지났을 때, 먹태 앓이를 하고 있었다. 인스타그램에 먹태 사진을 올렸다. 해시 태크에는 '먹태 먹고 싶다.', '먹태 먹고 싶어.', '먹태 먹고 싶다고.'와 같이 끝 단어만 바꿔

가며. 2주 만에 또 갔다. 지연 언니가 책임져야겠다고 댓글을 달아준 덕분이다.

　가서 먹으면 맛있다. 매번 갈 수는 없으니 포장해서 먹기도 한다. 아이들도 먹을 수 있는 음식이라 주말에는 미리 주문 해 놓고 찾아와 먹을 때도 있었다. 한 번은 남편이 미리 주문하고 가지고 온 적이 있었다. 집에서 기다리는 그때의 시간, 지루하기도 했고 남편이 언제 오나 기다려지기도 한 날이었다.

　지연 언니가 우리에게 전파를 했듯, 나도 남편 친구에게 소개시켜줬다. 집에 놀러 갈 때 가지고 갔다. 맛을 본 친구들은 가게 이름을 물어봤고 며칠 뒤에는 매장에 가서 먹었다고 한다. 그들이 맛있게 먹어줘서 고맙기도 했고, 내가 간 날과 겹치지 않아 다행이다 싶었다.

　두 번째는 남구에 있는 '국가대표 장어 생막창 생삼겹'이다. 영은 언니 집 근처에 있는 식당이다. 막창을 시켰다. 일단 막창이라서 좋다. 우리 모임이 막창집에서 시작했기 때문에 그냥 오케이다. 고사리가 같이 나온다. 기본으로 나오는 고사리를 구워 먹는다. 접시를 비우면 다시 채워 먹을 수 있다. 바짝 구우면 과자처럼 딱딱해지는데 이 맛을 더 좋아한다. 부드러운 고사리는 비빔밥에 넣어 먹으면 되니까.

아이 재우고 다 모이면 밤 10시가 넘는다. 늦게 간 날에는 우리가 먹고 싶었던 닭꼬치를 못 먹을 때도 있었다. 미리 전화해 몇 개만 남겨달라고 부탁한다. 여러 번 갔었기에 가능한 일이다. 아쉽다. 얘기만 듣다가 처음으로 직접 와서 먹는데 이 주 후에 원주로 이사 간다.

이사 온 집 근처에 삼겹살 파는 식당이 있다. 아파트와 가장 가까운 식당이며 아이들과 함께 먹을 수 있는 메뉴다. 주로 낮에 다니는 나는, 그 식당이 문을 연 것을 본 적이 없다. 개수대와 연결된 호스에 물이 새어 설거지할 수 없었던 날, 우리는 삼겹살집을 가기로 했다. 밑반찬이 나왔다. 고사리가 있었다. 불판에 굽는 고사리. 얼마 만인가. 고사리 하나 때문에 이 집에 자주 오고 싶은 마음이 들었다. 언니들이 대구에서 원주로 놀러 오면, 같이 와야겠다 생각했다. 언니들이 나를 데리고 가 줬듯, 나도 언니들과 함께 오고 싶은 곳이 생겼다. 이 식당 역시 먹고 부족한 반찬은 셀프로 가져가면 된다. 첫 불판에 고기와 고사리, 김치 등을 올린 후 움푹 파인 빈 그릇을 들고 간다. 고사리를 가득 담아 자리로 돌아온다. 막창을 생각하면 언니들과 한잔하고 싶고 마트에서 고사리만 봐도 바짝 구워주는 영은 언니가 떠오른다.

세 번째는 이시아폴리스의 '해녀의 꿈'이다. 이곳은 해산물 맛집이다. 이번에도 영은 언니가 소개해 줬다. 모듬 세트를 시키면 해삼, 개불, 멍게, 산낙지, 전복을 준다. 회 킬러인 나는 술안주로 회를 찾는다. 해산물은 서비스를 줄 때만 먹어봤다. 회를 좋아하기 때문에 해산물에는 손이 많이 가지 않았다. 이제까지 술을 마시면서 횟집은 갔어도 해산물만 먹기 위해서 간 적이 없을 정도이다. 23년 4월에 처음 가본 해산물 집, 집에 오고 나서 계속 생각났다. 마치 먹태를 처음 먹었던 날처럼.

이 집을 좋아하는 이유는 재료의 싱싱함 때문이다. 재료를 들일 때부터 까다롭게 선택한다고 했다. 또 다른 이유는 도다리쑥국을 먹을 수 있기 때문이다. 이십 대, 통영에서 일한 적이 있다. 매년 1월에서 3월이 되면 꼭 먹는 음식이 있다. 도다리쑥국이다. 대구에 오고 나서는 이 메뉴를 찾기가 힘들었다. 엄마가 쑥을 뜯어와도 쑥버무리, 쑥떡, 쑥국을 만들 뿐, 도다리쑥국은 해준 적이 없다. 추워지면 늘 생각나는 메뉴였는데 4월에 간 날, 손으로 쓴 글씨를 보았다. '도다리쑥국'. 맑은 국물에 큼지막한 도다리, 한입으로 먹기 좋은 크기의 무 그리고 보드랍고 향을 내는 쑥으로 요리한 그 맛이 나올까 싶었다. 괜한 걱정이었다. 이제 쑥이 올라올 때, 이곳에 가서 먹으면 된다. 해산물 맛의 본질, 도다리쑥국 때문에 자주 가고 싶은 곳이다. 맛 때문에 가고 싶은데 사람도 끌리는 곳이다. 원주가 고향인 주인 언니를 만났다. 말도 많이 하지 않는 나를 챙겨준다. 원주에 있어도 늘 생각나는 곳, '해녀의 꿈'이다.

술 마시며 먹게 되는 안주. 이왕이면 맛있는 음식을 먹고 싶다. 치킨 먹을 때면 맥주 시키고, 파전 주문할 때는 동동주나 막걸리 마신다. 삼겹살 구울 때는 소주, 요즘엔 소주 대신 하이볼을 제조하기도 한다. 음식 궁합 말하는 사람도 있지만 먹을 때 맛있으면 되지 않을까? 맛있는 음식 먹을 때 '이조합 꿀조합'을 떠올려주는 세 명의 언니에게 고맙다. 같이 가면 좋겠다고 말하는 이들이 있다는 것, 얼마나 행복한 일인가.

나는 어떠한지 돌아본다. 바다를 보면 생각나는 사람이 있는지, 김치찌개를 먹을 때 같이 먹고 싶은 지인이 있는지, 동백꽃을 보러 함께 가고 싶은 친구가 있는지. 나를 떠올려주는 일도 고맙지만 반대로 떠오르는 사람이 있다는 사실은 인생을 살아가는 데 힘이 된다. 더 많은 걸 경험해 보고 싶은 마음이 든다. 새로운 장소에 갈 때마다, 음식을 접할 때마다 언니들을 떠올린다. 사실은 만나기 위한 건수 만들기이지만 맛있는 곳을 데리고 가주는 언니들을 위해 선물을 준비하는 과정이기도 하다.

7.

우연이 인연이 된
나의 그녀들

성연경

그녀들을 '다 함께' 처음 만난 곳은 2019년 3월 어느 교육장이다. 이유는 각자 달랐지만, 하브루타에 대해 배우려고 참가한 자리였다.

하브루타 관련 수업이 있다며 영은 언니가 소개했다. 큰아이 유치원 친구 엄마로 만났다. 아이들이 사이가 좋아 잘 지내니 자주 마주치게 되었고, 이야기하다 보니 한 살 많은 언니임을 알게 되었다. 늘 즐겁고 표정이 밝아 긍정 에너지가 느껴졌다. 만나보니 장난 아니다. 볼 때마다 목소리는 솔 톤이고, 누구에게나 친절하게 인사하는 모습이 인상적이었다. 대화를 나눠보니 본인만의 육아 방식과 교육철학도 뚜렷하고 교육 관련 정보도 줄줄이 꿰고 있다. 심지어 영어 선생님이었다고 한다. 영어 울렁증이 심해 영어 교육이 늘 걱정이었다. 기회다 싶어 아이 영어 교육에 대해 자문하니 하나부터 열까지 자세히도 알려준다. 집에서 아이들 보여주라며 책도 챙겨 넣어준다. 가깝게 지내도 괜찮을 것 같았다. 어느 날 아이들 하원을 기다리며 하브루타 교육 이야기를 나눴다. 대구에 IB 교육 프로그램을 운영하는 학교가 지정되면서 유대인 교육법에 관심이 생기던 참이었다. 언니는 이미 내가 여기저기서 주워 들은 것보다 훨씬 많은 정보를 알고 있었고, 친절하게 설명해 줬다. 듣고 나니 더 관심이 생긴다. 하지만 가까운 곳에 배울만한 곳이 없다며 아쉬움을 토로했다. 며칠이 지났다. 하브루타 수업을 들을 수 있는 곳을 찾았다며, 함께 공부하자고 연락이 왔다. 마다할 이유가 없었다. 교육 관련 정보의 척척박사인 언니가 알려주는 곳이니 믿을만했고 함께 할 동지가 있으니 새로운 곳에 가는 심리적 부담도 줄었다. 지금 돌이켜보면 언니가 다단계나 투기사업을 하지 않아 얼마나 다행인가 싶다. 웃는 얼굴로 친절하고 자세하게 설명하면 홀리듯 따라나섰을 것이다.

아들 둘을 키우는 엄마라고 했다. 아이 교육에 고민이 많아 하브루타를 배워 실천해 보려고 수업에 참여했다고 한다. 얼굴이 예쁘장하고 몸매가 늘씬하니 세련된 도시여자 느낌의 첫인상이었다. 평소 예쁜 사람 좋아해 유심히 봤는데 아무리 봐도 까칠하고 도도해 보여 말 걸기가 쉽지 않을 것 같았다. 지연 언니 이야기다.

앳된 얼굴에 차분한 목소리로 다른 교육센터에서 슬로리딩을 공부했고 하브루타에 대해 조금 더 자세하게 배우고 싶어서 참석하게 되었다고 이야기하던 혜진이가 생각난다. 사는 곳이 가까워 나 혼자 반가웠다.

그렇게 만났다. 수업이 진행되는 동안 같은 요일 정해진 시간에 꾸준히 만났다. 공통된 관심사로 모였지만 사담을 나누고 친목을 도모할 시간의 여유가 없는 엄마들이었다. 아이를 유치원에 보내고 짬이 나는 오전 시간에 교육을 들었다. 수업이 끝나면 곧 하원해서 돌아올 아이를 위해 돌아가기 바빴다. 그렇지만 하브루타가 무엇인가, 질문과 대화가 주를 이루는 수업이라 시간이 지나면서 서로를 선생님이라는 호칭으로 부르고 인사를 나누며 멀지도 가깝지도 않은 적당한 친분을 쌓았다. 센터의 교육과정이 끝날 무렵 학원을 운영하시는 선생님의 주도하에 모임을 하기로 했다. 배웠으나 정립하지 못했기에 지속적인 공부를 할 기회가 반가웠다. 앞서 소개한 영은, 지연, 혜진, 나 포함 일곱 명으로 구성된 모임은 코로나의 위기 속에서도 꾸준한 소통을 통해 공저 출간의 성장도 이루었다. 공저를 출간한 자세한 이야기는 공동 저서 『나는 나를 사랑해서 책을 쓰기로 했다』에 담겨 있어 여기서는 각설하도록 한다.

2021년 코로나로 거리 두기가 시행되고 사적 모임의 인원 제한과 다중시설의 영업시간 제한이 생겼다. 공저 출간을 준비하면서도 다 함께 식사 자리 한번 가지기가 쉽지 않았다. 초고를 다 쓴 어느 날 갑작스러운 제안을 했다.

'오늘 저녁 시간 되는 선생님들, 선착순 세 분 모십니다. 함께 저녁 먹고 괜찮으시면 간단하게 술도 한잔해요.'

함께 글을 쓰고 있지만 영은 언니 외에는 개인적인 친분을 쌓을 일도 없었고 코로나로 그럴 시간과 여건도 되지 않았다. 불쑥 그러고 싶은 날이었다. 사적 모임 4명 이하 인원 제한으로 인해 모두 모일 수는 없지만 오랜만에 선생님들을 만나고 싶은 충동이 생겼다. 그런데 돌아오는 답들이 미적지근하다. 육아와 선약 등의 이유로 여의찮다는 이야기였다. 가까이 사는 혜진이만 '저는 좋습니다.' 하며 반겨주었다. 평소 모임이나 만남을 주최하지 않는 나는 엄청난 용기를 낸 것이었는데 김빠지는 반응에 오기가 생겼다. 혜진이와 둘이라도 만나자며 약속을 정한 후, 개인적 친분이 있는 영은 언니를 꾀었다. 처음 제안한 장소가 너무 멀다는 의견을 반영해 변경하고 다시 한번 단톡방에 공지를 남겼다.

'이제 딱 한자리만 남았습니다. 한 분만 더 모십니다. 맛있는 막창 함께 드실 기회를 드립니다. 오늘 함께 하지 못한 선생님들 아쉽지만, 다음 만남을 기약하겠습니다.'

즐거운 시간이길 바란다는 응원의 답들 속에 '저 조금 늦을 거 같은데 괜찮을까요?'라며 지연 언니의 답이 왔다.

함께 글을 쓰며 서로에 대해 조금씩 알아가고 있었지만 지연 언니와 혜진과의 사적인 술자리는 처음이었다. 막상 만나자고 모아 놓고 보니 성향도 잘 모르고, 서로 어색할까 걱정되었다. 그것은 쓸데없는 기우였다. 음식과 술이 서빙되고 각자의 술 취향을 물으며 술잔이 채워졌다. 첫 잔은 시원하게 쏘맥이라는 영은 언니, '술 잘 못 마셔서 섞으면 더 힘들어요. 소주 아주 조금만 마실게요.' 하며 한 발 빼는 지연 언니, '저는 소주로 할게요.'라며 다소곳이 할 말 다 하는 혜진이.

그날 비운 술병이 테이블 가득하다. 술잔을 비우듯 우리의 어색함도 비워졌다. 선생님이라는 호칭에서 언니 동생으로 부르게 된 것도 그때부터였다. 어떤 이야기들이 오고 갔는지 모두 다 기억은 나지 않지만, 늘 전도사처럼 비비드 드림을 이야기하는 영은 언니의 반복된 Dream Comes True, 소주 아주 조금이 소주 됫병이었던 지연 언니, 한 번의 대답도 놓치지 않던 혜진이.

짧게 막창만 간단히 먹고 헤어지기로 했던 우리는 영업시간 제한으로 가게 문을 닫아야 하는 마지막 순간까지 자리를 지켰다. 아쉬운 마음을 가득 안고 다음을 기약하는 이야기를 나누며 각자의 집으로 돌아갔다.

그날의 만남이 운명처럼 느껴졌던 나는 '이조합 꿀조합'이라는 이름을 붙였고, 첫인상이나 외모로 사람을 판단하면 안 된다는 것을 다시 한번 깨달았다. 숙성될수록 좋은 술이라고 한다. 우리의 만남이 오래도록 숙성될 수 있도록, 잦은 만남을 기대했다.

8.

우리의 108동 1107호

성연경

　코로나 거리 두기가 해제되어 조금은 편해진 술자리였다. 하지만 우리는 여전히 육아에 매여 있는 몸이라 저녁 시간에 아이들을 챙기고 모이면 늦은 시간이다. 조금이라도 빨리 만나고 많이 먹으려면 단골집에 가야 한다. 출발도 하기 전에 전화를 걸어 자리를 부탁하고 미리 메뉴를 주문한다. 도착과 동시에 먹을 수 있어야 한다. 달리는 택시 안에서 나도 함께 뛴다. 마음이 바쁘다. 큰소리로 인사하며 입장해 앉자마자 잔을 든다. 잔을 부딪치는 속도에 조바심이 나타난다. 안주를 집는 젓가락이 쉴 새 없다. 늦은 만큼 빨리 먹고 일어서야 한다. 말도 빨라진다. 하고 싶었던 이야기, 궁금했던 일들, 입과 귀와 손의 협업이 중요하다. 숨이 차도록 이야기하고 배가 빵빵하도록 먹고 술집을 나선다. 뭔가 아쉽다.

"딱 한 잔만 더하면 좋겠는데."

"1시간은 더 놀아도 될 것 같은데."

모두가 한마음이다.

처음부터 그럴 의도는 아니었다. 영은 언니 집이 중간쯤이다. 사방팔방 흩어져 사는 우리가 각자 출발하면 비슷한 시간에 모일 수 있는 위치다. 근처에 맛집도 많다. 그런 이유로 영은 언니 집 근처에 모이게 되었다. 자주 가니 단골집도 생겼다. 잦은 만남으로 친분이 두터워지니 할 말은 더 많아지고 술자리는 길어졌다. 깔끔하게 헤어지던 우리의 모습은 온데간데없고 가게를 나서며 아쉬움 가득한 얼굴이다.

"편의점에서 맥주 한 캔씩만 더 마시고 갈까?" 지연 언니는 편의점을 좋아한다.

"그럼, 그냥 우리 집에 갈래?" 영은 언니가 집에 가자고 했다.

처음에는 거절했다. 시간이 늦어 가족들이 자는데 민폐라며, 그래도 우리가 예의는 있는 사람들인데 그럴 수는 없다며 완강히 거절했다.

"괜찮아. 애들은 자고 우리 남편은 이해해 줄 거야. 편의점에서

청승 떨지 말고 집에 가서 편하게 먹자."

"그럼. 그럴까?"

편의점에서 간단히 안주와 술을 샀다. 못 이기는 척 108동 1107호를 방문했다.

아이들이 깰까 숨죽여 들어가니 형부가 반갑게 인사한다. 편하게 마시라며 식탁에 은은한 조명도 켜주고 블루투스 스피커에 잔잔한 음악도 틀어준다. 평소에도 매너 있고 친절한 형부는 늦은 밤 불쑥 찾아온 우리에게 싫은 내색 하나 없이 배려해 주었다. 우리는 부족했던 술을 마시고 못다 한 이야기를 나눴다. 그렇게 108동 1107호는 술자리 마지막 코스가 되었다. 어디서 만남을 시작하던지 끝이 날 때 외친다.

"108동으로 가면 되나?"

그날은 유독 흥이 올랐다. 식당에서 평소보다 술이 과했다. 우리도 염치가 있어 영은 언니네 집에 자주 방문하지 않으려 애쓴다. 더군다나 술을 많이 마신 날은 더욱 빠른 귀가를 위해 정신을 차린다. 그런데 영은 언니가 남편이 해루질을 다녀와 다양한 해산물이 있다며 바람을 넣었다. 거절할 이유가 없다. 해산물을 좋아하는 우리의 발걸음은 이미 108동을 향해 가고 있었다. 여느 때와 다름없이 숨죽여 들어가 지정석인 듯 자리를 차지하고 앉는다. 형부가 손질한 해산물을 내어준다. 좋은 안주에 술이 빠질 수 없다며 한잔 더 기울인다. 식당에서 나왔다며 집에 간다는 연락 후에 귀가하지 않으니 전화가 오기 시작했다.

"온다더니 어디야?"

"108동 1107호."

"지금 거기에 갔다고? 목소리가 취한 거 같은데? 데리러 갈까?"

잠시 뒤 지연 언니네 형부도, 내 남편도 아파트 주차장이라며 내려오라고 연락이 왔다. 술에 취하면 기분이 더 좋아지는 영은 언니는 여기까지 왔는데 그냥 보낼 수 없다며 남편들을 1107호로 초대했다. 그 새벽에.

술에 취한 아내를 데리러 왔다가 얼떨결에 인사를 나누게 된 남편들은 술 좋아하는 아내를 둔 동질감 때문이었을까 어색함 없이 화기애애했다. 그렇게 남편들의 첫 만남도 108동 1107호에서 이루어졌다.

그 후 남편을 동반한 모임이 몇 차례 있었다. 우리만큼 남편들도 마음이 잘 맞아 친분을 쌓았다. 그러더니 자기들도 '이조합 그조합'으로 이름을 지었다며 웃음을 준다. 조합을 결성했으니 정기적인 모임을 만들고 아빠들만의 여행을 계획해야겠다고 한다. 우리는 모임을 인정할 수 없다며 그들의 화합 도모를 적극적으로 반대하고 있지만, 우리들의 남편답게 개의치 않는다.

영은 언니가 이사 갔다. 더 이상 108동 1107호는 마지막 코스가 될 수 없다. 술집을 나서면서 아파트를 향해 바라보면 거실 전등의 소등 여부가 확인되던 1107호였다. 언니네 아이들이 잠들면 형부가 불을 끄고 들어간다. 우리는 전등이 꺼진 걸 확인하고 이제 가볼까 하며 향하던 곳이다.

아쉽다. 술을 마실 공간을 잃어 그런 것이 아니다. 우리의 만남이 지속되는 한 또 다른 108동 1107호는 계속해서 생길 것이다. 늦은 밤 언제든 문을 열어주던 그 마음이 그립다. 숨죽여 까치발을 들고 킥킥거리며 들어서던 우리의 모습이, 서로 조용히 하라며 목소리는 더 커지던 그 순간이 아련하다. 시간 가는 줄 모르고 나누던 쓸데없는 이야기들이 모여 우리의 시간이 되었음을 알기에 그때 그 공간이 그립다.

2장

이거 마시고
내일부터 시작

1.

엔잡러 엄마의 사생활

이영은

아침 준비를 하는 엄마로 하루를 시작한다.

부모 강의를 하는 강사로

간헐적으로 글을 쓰는 작가로

매장을 관리하고 근무하는 사업가로

해 질 무렵 등교하는 늦깎이 대학원생으로

늦은 밤 집으로 돌아와 집을 정리하고 내일을 챙기는 주부로 하루를 마무리한다.

열정이 자리를 비우고 피곤이 비집고 들어온 순간 생각한다.

고되다. 나는 도대체 무엇을 하는 사람인가. 뭐 하나 제대로 하는 게 있을까.

텔레비전에 내가 나왔다. 경력 단절 탈출기라는 주제로 지연, 혜진 작가와 함께 출연했다. 주제는 경력 단절 탈출기이지만 경력 단절이란 말이 미웠다. 육아보다 더 힘든 경력이 어디 있다고 경력이 단절되었다니. 인생의 더 큰 경험을 쌓고 있는 힘든 시간을 사회와 단절 시켜버리고 아무 일 아닌 양 차갑고 비겁한 한마디로 치부해 버리는 억울함을 잔뜩 가지고 있었다. 지금도 위대한 육아 경력을 쌓고 있는 이들에게 용기를 주고 싶어 출연하였다. 생각보다 프로그램을 본 사람들이 많았다. 텔레비전 출연 후 만나는 사람마다 나에게 묻는 말이 생겼다.

"도대체 그 많은 일을 어떻게 다 해요?"

"글쎄. 그냥 하다 보니 그렇게 되었네요."

겸손이 아니라 일 벌이는 것을 좋아해서 어쩌다 보니 이렇게 되어버렸다.

"대단해요."

"아니에요."

대단하다는 말을 들을 때마다 체기가 올라오는 듯 속이 거북하다. 여러 가지 일을 하고 있긴 하지만 잘 해내고 있는지 모르겠다. 하고 싶다는 생각에 긍정의 패기로 시작했지만 이게 맞는 길인지 가끔 헷갈리기도 한다. 잘 챙겨주지 못하는 아이들을 볼 때면 마음이 더 묵직해진다. 과연 어느 하나 제대로 해내고 있는 게 맞는 건가 하는 자괴감도 든다. 그런데도 힘을 내어 이왕 시작한 거 한 번 해보자 싶어 끙끙거리며 버텨나간다. 육신이 말을 듣지 않고 영혼이 가출할 때쯤에는 처음의 패기만큼 밀려오는 피로감과 후유증도 크다.

오늘도 하루가 어떻게 지나갔는지 모르겠다.

아이들을 깨우는 아침 전쟁으로 1호 남편을 시작으로 2호, 3호가 다 출근하고 나면 부리나케 씻고 내 준비를 시작한다. 강의 시간에 맞춰 도착해서 2시간 특강을 하고 나면 진이 빠진다. 매장에 들러 일을 보고 다시 집으로 돌아와 아이들 저녁을 차려놓는다. 오후 4시가 넘어서야 한 끼도 못 먹었다는 사실을 알았다. 아들의 저녁을 차리면서 음식을 입에 대충 집어넣고 대학원으로 향한다. 노을 진 캠퍼스를 보며 낭만을 느낄 새도 없이 과제, 발표 준비에 정신이 없다.

대학원 수업 후 밤 10시가 지나서야 지친 몸을 이끌고 집으로 향했다. 현관부터 널브러진 아이들의 잔재들을 치워가며 한숨을 푹푹 뱉어낸다. 아침부터 쌓인 설거지는 그대로이고, 아이들이 번갈아 가며 준비물 챙겨야 한다는 소리에, 내 끼니의 여부는 묻지도 않은 채 허기진다는 남편까지. 숨이 턱 막히고 넌덜머리가 났다. 내 까칠함이 극에 달하고 기분이 우울해질 찰나 번뜩 떠오른 기억으로 입가에 웃음이 삐져나왔다.

'아~ 맞다! 오늘, 이조합 꿀조합 한잔하는 날이지~'

스트레스가 녹고 화가 사르르 풀린다. 한시라도 빨리 나가서 답답했던 마음을 뱉어버리고 싶다. 어디서 나오는 기운인지 다시 힘을 내어 부리나케 집을 대충 정리하고 아이들에게 다정한 말투로 일찍 잠들 길 권유한다. 뒤돌아 웃음 지으며 엄마의 사생활은 굳이 밝히지 않는다.

그녀들과 한껏 웃고 실컷 수다를 떨고 집으로 왔다. 헤어지기 전 다음 만남 때까지 각자의 자리에서 서로 열심히 살다보자는 말을 마음에 꾹 눌러 담았다. 집 나갔던 열정이 다시 슬그머니 들어온다. 새로운 힘이 솟아난다. 덕분에 내일도 그리고 그다음 날도 해나갈 자신이 생긴다.

피곤함이 사라지는 우리들의 약속.
힘들어도 이 약속으로 버티는 하루 그리고 일주일.
엔잡러 엄마의 삶이 고된 만큼

그녀들과 함께하는 술자리가 달콤하다.

오늘만큼은 한 잔의 술이 최고의 피로회복제이다.

2.

초고의 숙취 해소제는

이영은

심한 갈증에 잠을 깼다.

눈을 떠 보니 보이는 모든 것이 빙빙 돈다. 시계를 보니 5시 20분이다.

아직까진 다행이다.

갈증을 꾹꾹 눌러 집어삼키며 다시 잠을 청한다. 조금 더 자면 술이 깰 거라는 희망을 안고 눈을 꼭 감는다. 어지럼증에 다시 잠에서 깼다. 양손으로 머리를 움켜잡고 눈을 떠보니 6시 35분이다. 여전히 빙빙 돌아가는 시야를 피하고자 눈을 감았다. 자는 둥 마는 둥 하다 정신이 번쩍 들어 시계를 보니 7시이다. 어제 조금만 덜 마실 걸 하는 후회는 이불과 함께 차버리고 벌떡 일어난다. 갈증, 어지럼증, 메스꺼움 따위는 문제가 아니다. 등교 전쟁을 시작해야 할 때다. 스트레칭을 하고 나니 더 어지럽다. 몇 시간째 느꼈던 갈증부터 해소한다. 시원하게 꿀물을 타 먹고 아침 준비를 시작한다. 아이들이 잠도 덜 깬 상태에서 엄마를 부르며 다가온다. 상쾌한 미소와 한 톤 업된 목소리로 아이들에게 아침 인사를 건넨다. 혹시나 해서 입을 다문 채 숨을 참고 아이들을 꼭 안아준다. 새삼 아이들이 더 고마운 아침이다. 최대한 간편한 아침을 준비해서 밥상을 차리고 평소보다 더 다정하게 가족들을 부른다. 신랑이 숟가락을 들며 말한다.

"괜찮아?"

"응? 뭐가?"

아무렇지 않은 듯 대답하고는 눈을 힘껏 동그랗게 뜨고 남편의 물음에 아이들 모르게 조용히 속삭인다.

"조용히 해~ 애들은 모르잖아."

겉으로 걱정하지만 나무라는 듯한 말투가 맘에 들지 않아 그저 눈으로만 강한 게 말하고 만다.

아이들이 잠든 후 그러니까 육아 퇴근 후에 했던 자리이므로 굳이 아이들에게 알릴 이유가 없다. 엄마는 어젯밤 함께 꿀잠을 자고 상쾌한 하루를 시작한 듯 설정된 연기에 엄마로서의 예의를 얹는다. 눈치 없는 큰아들에게 건성으로 출근 인사를 하고 사랑 듬뿍 담아 아이들에게 인사와 함께 아이들을 보내고 소파에 털썩 앉았다. 양질의 잠을 못 이루었기에 다 보내고 출근 전 이십 분이라도 누워 있어야지 하는 생각으로 버텼다. 그런데 웬일.

'어? 술이 깼네.'

상쾌한 척하면서 분주하게 움직이다 보니 정말로 상쾌해져 버렸다. 개운하게 샤워하고 어젯밤 흥겨움이 가시지 않은 채 좋아하는 잔나비의 노래를 들으며 출근 준비를 한다. 역시 최고의 숙취 해소제는 육아이며 등원 전쟁이라는 걸 다시 한 번 느끼며 몸을 움직이는 것의 중요함을 통감했다.

휴일 전날 술 약속을 정하면 그렇게 마음이 편할 수가 없다. 편안한 마음으로 거하게 마시고 다음 날 푹 잘 수 있다고 생각하면 마음이 푸근해진다. 그런데 이상하게도 다음날 스케줄이 없는 날엔 자도 자도 숙취가 따라다니고 속이 답답하다. 계속 누워 있어도 개운해지기는커녕 머리만 더 띵 해진다. 쉬는데 쉬는 것 같지 않다. 몸의 숙취가 사라질 오후 무렵이면 하루를 허무하게 보낸 마음의 숙취가 시작된다. 하루를 낭비했다는 죄책감의 잔가시가 마음에 턱턱 걸린다. 음주 다음 날 힘들더라도 움직이고 할 일을 하고 일하다 보면 어느새 숙취는 도망가 있고 견뎌낸 뿌듯함이 남아 있다.

책을 집필하는 일도 꿈을 이뤄가는 과정도 나에겐 비슷했다. 빨리 책을 출간하고 싶어서 가족들에게 공식적인 휴가를 냈다. 마음 놓고 있다가 시간을 내어 마음잡고 쓰는 날엔 글이 더 안 써졌다. 빨리 목표한 일에 가까이 가고 싶지만 미루기만 하다가 급하게 처리하는 일은 뒷감당이 더 힘들었다. 무언가를 위해 미루고 여유만 부리다 억지로 시간을 내어 집중해야지 하지만 막상 그 시간이 오면 집중은커녕 정신이 해이해지기 일쑤였다. 굳건한 결심 없이, 미뤄도 괜찮다는 푸근한 마음과 지체 없이 그저 주어진 일을 하나씩 하다 보면 목표에 더 가까이 갈 수 있었다. 마음 놓고 미루기보단 아무 생각 없이 하루하루 할 일을 할 때 뿌듯함과 행복함은 커졌다.

나도 모르게 사라져 버린 숙취처럼 큰 결심과 다짐으로 미루는 일 말고 그저 매일 조그만 일 하나씩 이루어져 나갔을 때 자존감도 눈치 채지 못하는 사이에 함께 올라갔다.

마치 나도 모르게 숙취가 사라져 술부심이 올라가는 것처럼.

3.

소주와 맥주,
한 주를 버티는 힘

박지연

　밤 10시. 김치냉장고에서 맥주 한 캔을 꺼낸다. 오른쪽 검지 끝
으로 번데기 모양의 따개를 젖히자마자 침이 고이고, 캔을 감싸는
손바닥에는 살얼음의 차가움이 스며든다. 커다란 한 모금이 목구
멍을 통과해 식도를 지난다. '그래, 이거지. 이 맛에 육아하는 거
지.' 한 모금 더 마시고 싱크대 좌측에 둔 채 고무장갑을 낀다. 설
거지하는 도중에도 여러 번 손이 간다. 미끄러운 장갑과 떨어지는
물방울쯤이야. 수전 밖으로 흐르는 물줄기처럼 속이 시원하다. 마
무리할 즈음이면 맥주 캔이 바닥을 드러낸다. 고개를 젖혀 탈탈
털어 본다. 아쉬움은 여기까지만. 거실 정리를 끝으로 아이들 옆
에 눕는다.

3년 전까지만 해도 아이들이 잠들고 난 뒤, 집 안을 정리하며 마신 맥주가 전부였다. 한 해 두 해 지날수록 아이들의 수면시간이 늦춰졌다. 누워서도 대화하고 오디오북에서 성우가 들려주는 이야기를 듣느라 11시가 넘어야 잠이 든다. 오전 5시 반에 일어나 수영을 가야 하는 터라, 아이들이 잠들 때까지 기다릴 수가 없다. 방에 들어가는 걸 확인하는 순간 김치냉장고에서 캔 맥주를 꺼낸다. 식기세척기를 들인 후로 설거지 시간이 줄어든 만큼 마시는 속도도 빨라졌다.

아이들이 자랄수록 나의 일과가 촘촘하게 변했다. 오전 수영을 마치고 돌아와, 두 아이의 등교를 마무리한다. 대충 집안일을 마치고 식탁에 자리 잡는다. 루틴을 적은 다이어리를 편다. 해야 할 일을 순서대로 체크한다. 필사 중인 책을 펼친다. 며칠 전에 읽으면서 밑줄 그어둔 페이지를 펼친다. 빈 페이지를 채우다가 3분의 2 지점에서 나만의 생각을 덧댄다. 이어서 인문 서적이나 철학서를 읽는다. 하루 중 머리가 가장 맑은 시간인 만큼 집중이 요구되는 책을 택한다. 약속한 분량만큼만 읽고, 적당한 휴식을 취한 후 가벼운 장르의 책으로 갈아탄다. 색깔 펜으로 강약을 표시하고 나면 어느덧 20분이 지나는 알람이 울린다. 유튜브에서 명상 관련

영상이나 15분짜리 요가 스트레칭을 틀어, 따라 하거나 소파에 널브러진다.

오전에 들어야 할 수업이 있는 날이면 노트북을 펼치고 다시 앉는다. 오전 수업이 없는 날에는 남은 항목을 이어간다. 영어 회화 복습에 이어 한 편의 글을 쓰거나 SNS에 게시물을 올린다. 루틴 외에 수업도 들어야 하고, 강의도 해야 하고, 가끔 수다도 필요하다 보니 수면이 부족한 날도 잦다. 피로에 짓눌리는 날은 낮잠을 자기도 하고 루틴 일부를 건너뛰기도 하지만, 한 잔의 술을 떠올리며 버텨낸다.

최상의 긴장을 유지하던 마음도 금요일만 되면 촐싹거린다. 불타는 금요일을 기다리는 직장인처럼 설렌다. 그냥 자려니 아쉽다. 토요일 오전에 아이들의 방과 후 수업이 있어 늦게까지 놀 수 없다는 걸 알면서도 제어되지 않는다. 야식도 먹고 싶고, 친구도 만나고 싶고, 술도 한 잔 마시고 싶다. 아이들과 집 밖을 나선다. 성장기 아니랄까 봐 고기를 외친다. 치킨, 막창, 돼지고깃집을 리스트에 넣는다. 식당에는 우리처럼 가족 단위로 온 손님들이 많다. 병맥주와 사이다를 주문해 각자의 컵에 따른다. 고기 한 점을 영접하기 전, 우리만의 건배를 외친다. 이번 주도 잘 살아왔고, 오늘도 고생했다며 한 모금 들이켠다.

토요일 저녁은 주로 4인방을 소환한다. 정확히 말하면 서로 소환하고 소환된다. 약속 잡기 전, 다이어리를 펼쳐 이번 주 루틴 결과를 점검한다. 성취율이 낮은 경우는 주말 보충을 위해 만남을 건너뛰지만, 만족할 만하다 싶으면 단톡방에서 건수를 만든다. 아이들에게는 영은 이모, 연경 이모, 혜진 이모랑 공부하고 저녁 먹고 온다며 양치기 같은 거짓말을 하고 나선다. 평일 내내 업무와 약속으로 바쁜 남편은 웬만해선 오케이 사인으로 답한다.

집 앞에 지천으로 깔린 게 식당이지만 반대편 동네로 이동한다. 우리 4인방이 사는 곳은 지도상 동, 서, 남, 북으로 흩어져 있다. 남쪽에 살던 동갑내기 영은이가 북쪽으로 가며 멀어졌다. 멀어진 만큼 자주 못 볼 줄 알았는데 기가 막힌 횟집을 뚫었다. 나는 해삼, 영은이는 개불, 연경이는 멍게를 먹는다는 핑계로 일주일에 한 번씩 모이다 보니 여사장님과 이십 대 중후반이 된 자녀들과도 친해졌다. 출발 전에 전화하면 포장마차 분위기가 나는 야외 테이블로 마련해준다. 만나자마자 텐션 높은 인사를 하고 하트 소주잔, 헛개수 원액을 희석한 물병, 불 멍 겸용 블루투스 기계를 들고 자리에 앉는다. 바쁜 사장님을 대신해 필요한 것은 알아서 꺼내오는 직원 같은 손님이 됐다.

"오늘은 정말 한 병만 마실 거야."

역시나 돌아오는 대답이 없다.

"오늘은 진짜 한 병만 마시고 11시 전에는 들어갈 거라고!"

"그래. 꼭 그래라. 절대 말리지 않는다." 해삼, 개불, 멍게에 시선이 고정된 채 영혼 없는 대답만이 돌아온다.

먹고, 마시고, 웃고 떠들다 보면 만석이던 테이블이 점점 비워진다. 시간에 바퀴가 달린 건가. 택시를 부르려 핸드폰을 보니 자정이 지난 지는 한참이고, 테이블 아래에는 빈병이 줄지어 있다. 언제쯤이면 한 병으로 끝낼 수 있을까. 그렇게 실컷 웃고 떠들었음에도 돌아오는 발걸음은 언제나 아쉽다. 다음날이면 숙취로 끙끙거리고, 목이 잠기지만 신기하게도 몸무게가 줄어 있다. 수분 과다 배출의 영향인가, 에너지 과다 소비 때문인가. 이렇게 노는 걸 좋아하면서도 평일에는 다른 페르소나에 충실하며 살아가는 우리가 신기할 때도 있다.

글 쓰는 삶을 살기 시작하며, 전과는 완전히 다른 하루를 살고 있다. 시간 관리를 철저히 하고, 건강도 챙기고, 목표도 생겼다. 나를 포함한 네 명 모두가 어느 해보다 바쁘게 살아가는 중이다. 매년 하는 일이 많아지고 자신의 자리에서 입지를 굳혀가지만, 바쁜 일상과 삶의 무게로 인해 주기적으로 지치고 힘든 고비가 찾아온다. 그럴 때마다 우리의 술자리는 그 무게를 덜어준다. 함께 기울이는 술잔이 일주일을 버티게 해주고, 해이해지는 긴장감을 잡아주며, 다음 만남까지 살아가는 힘이 되어준다. 술이 주는 폐해를 언급하는 책과 기사도 많지만, 감히 말하건대 우리처럼만 마신다면 술만 한 에너지도 없다. 하루, 하루를 내가 목표한 바에 맞춰 살아가자. 그렇게 보내고 난 뒤에 맞이하는 술자리는 그 어떤 내·외적 동기보다 강한 에너지를 주며 성장을 향한 양분이 된다.

4.

엄마 공부하고 올게

박지연

2006년 7월 1일. KTX 승무원으로 입사했다. 10년 뒤 2016년 6월 20일. 기찻길 위의 청춘에 마침표를 찍었다. 남과 북을 오가며 수많은 사람을 만나다가 맞이한 두 아들만 바라보며 사는 하루는 단조로우면서도 어지러웠다. 잠시라도 눈을 떼면 다치고 징징대고 뺏고 빼앗는 아이들. 내가 가진 모든 걸 다 줄 만큼 귀하지만, 넘치는 에너지를 맨정신과 맨몸으로 받아내기엔 힘겨웠다.

나를 지켜보던 친언니가, 백화점에 입점 예정인 명품회사의 공개채용이 있다고 했다. 합격 여부와 상관없이 바람 쐬고 오랬다. 이제 막 대학을 졸업했거나, 졸업 예정인 학생들을 보며 동등한 기회를 가진 것 만해도 감사했다. 면접관이던 이사님은 본인도 두 딸을 키우는 워킹맘이라며, 호의적인 반응을 보였다. 일주일 뒤, 합격 소식이 도착했다. 전에 다니던 직장보다 나은 복지와 대우를 받고 경력직으로 입사했다.

비슷한 서비스업이라 해도 여러 산을 넘어야 했다. 경력직으로 받아야 했던 눈초리, MZ세대의 조직 문화, 영업 실적이 대개 그랬다. 추가 근무가 없던 기존의 직장과 달리 야근도 잦았다. 아이들 자는 모습만 보는 날이 늘어갔다. 건강하기만 하던 두 아들이 약속이라도 한 듯 연이어 입원했다. 가지 말라고 붙잡는 아들을 두고 나오는 발걸음에 명치가 아렸다. 간호하던 남편도 두 손을 들었다. 회사에서는 시간제 근무로 전환해 주었지만, 한 달 새 두 번이나 열경련을 일으키는 둘째를 보며 마음의 갈등과 진통에 백기를 들었다.

오랜만의 휴식도 일주일이 지나니 허탈하고 허무했다. 뭐라도 하고 싶은데, 서른 중반이다. 서비스업으로 한정하니 나이가 아킬레스건이 됐다. 내가 원하는 근무조건을 가진 곳은 없었다. 습관처럼 취업사이트를 기웃거리지만 남는 건 헛헛함뿐이었다.

아쉬운 마음을 배움으로 달랬다. 아이들을 잘 키워 보자는 마음으로 유대인 자녀 교육법인 하브루타 수업에 등록했다. 2급 자격증으로 시작한 공부가 1급 자격증, 슬로리딩 교습법, 화백 토론 심판 등으로 휴지기 없이 연결됐다. 1년간의 공부 끝에 강의도 하게됐다. 일주일에 한두 번씩 초등학교 방과 후 교실과 도서관에서 수업을 진행했다. 1년 후인 2020년 3월. 첫째 아이가 전례 없던 '코로나 키즈'라고 불리는 초등학생이 되었다. 입학식은 학교 운동장이 아닌 집에서, 수업은 칠판이 아닌 티브이 모니터를 보고 진행하며 소속된 곳이 명확하지 않은 학교생활을 했다.

1년이 넘도록 엄마표 독서, 엄마표 놀이, 엄마표 수업을 하느라 나의 배움에는 손을 놓았다. 그러던 와중에 일곱 명의 선생님과 공동저서를 집필했다. 이어서 나와 아이들의 이야기가 실린 책의 출간을 목표로 글쓰기 강의를 수강했다. 처음에는 매주 수요일 수업에만 참여했으나, 월요일, 목요일로 늘어났다. 일주일에 다섯번 이상 참여하는 날도 흔해졌다. 일상에 관여하는 밀도가 커진만큼, 기존에 하던 일과 섞이며 대류현상도 일으켰다.

"엄마, 저녁에 공부하러 나가야 할 것 같아."

"누구랑요?"

"영은 이모, 연경 이모, 혜진 이모랑."

"그럼, 언제 와요?"

"글쎄. 상황 봐가면서 전화할게. 아빠랑 놀고 있어."

"지금 몇 시예요? 언제부터 나간다고 했어요? 바쁘면 좀 더 일찍 나가도 되는데요."

몇 년 전까지만 해도 캥거루처럼 품에 안겨 있던 애들이 맞나 싶다. 나의 외출이 꼬마들 세계의 자유와 해방의 출구인가. 같은 듯 다른 마음으로 집을 나서지만, 아이들은 알지 못한다. 밤에 나가는 엄마의 외출은 책으로 하는 공부가 아닌, 술잔으로 하는 인생 공부라는 걸.

아이들이 달콤한 꿈을 꾸는 동안, 달콤한 시간을 보내고 돌아왔다. 현관문을 열고 들어오는 순간 긴장이 풀린다. 취중 상태지만 최대한 정신을 집중해 어질러진 물건을 정리한다. 설거지할 것들은 식기세척기에 넣고, 입던 옷은 스타일러에 넣는다. 숙취해소제 한 포를 삼킨 후, 간단하게 씻고 매트리스에 쓰러지듯 눕는다.

다음 날 아침, 주말이라 평소보다 늦게 일어난 아이들의 목소리가 들린다. 토스트나 곰탕으로 간단하게 아침을 차린 후 다시 침대로 간다. 어제 공부를 너무 많이 해서 피곤하다며, 조금만 더 자겠다고 하면 나가면서 방문을 닫아준다. 딱지를 치다가, 책을 읽다가, 간식을 챙겨 먹으며 형제만의 시간을 보낸다. 흐트러짐 없는 흔적 덕분에, 엄마는 '정말로' 공부하고 왔다고 믿는 건 아닐까.

어려서도, 엄마가 되어서도 공부에서 벗어나지 못하고 있다. 여러 가지 배움을 해오며, 그 끝에 글이 있으리라고는 상상도 하지 않았다. '작가'라는 이름으로 만난 이들과 술을 곁들이며, 마흔이 넘은 나이에 웃고 떠드는 진가를 알게 될 줄은 더더욱 몰랐다.

여전히 경력이 멈춘 주부로만 살고 있었다면 어떤 날을 보내고 있었을까. 예전처럼 소소하게 무언가를 배우거나, 다른 경제활동을 하거나, 주부의 삶에 매진하며 살고 있을 수도 있지만 진정한 술친구는 만나지 못했을지도 모른다.

여러 날을 지나, 여러 가지를 배우고, 여러 사람을 만나다 보니 여기에 도착했다. 글 쓰며 사는 지금이 좋고, 한 잔 기울이는 순간이 좋고, 동반 성장하는 그녀들이 있어서 좋다.

"엄마, 공부하고 올게."라는 말이 언제까지 통할까. 머지않아 들통나겠지만, 아직은 이 순간을 조금 더 즐기려 한다.

5.

술 마시며 찐 5킬로그램

이혜진

3년 4개월. 이력서의 경력 기간이 아니다. 술을 못 마셨다. 첫 아이 임신부터 둘째 모유 수유 끝날 때까지. 술 좋아하는 사람의 40개월 강제 금주. 엄마가 된다는 이유로 또 엄마라서 참을 수 있었다. 둘째 아이의 돌이 다가올수록 우유만 먹이는 날을 기다렸다. 단순하게 돌 지나고 한 달 뒤라고 정하기만 했을 뿐, 구체적으로 방법과 시기를 계획하지 않았다.

18년 7월 첫째 주, 구례로 이사 간 형님 집에 놀러 갔다. 형님은 부산에서 살다가 귀촌했는데 구례군에서 첫 일 년 동안 집을 제공했다. 귀촌을 할 수 있을지 미리 체험해 보고, 주거 제공이라는 일

종의 혜택도 준 것이다. 대문을 열고 들어가니 앞에는 마당이, 오른쪽에는 집이 있었다. 짐을 넣어두려고 알려준 방문을 연 순간, '헉' 소리부터 났다. 조금 전까지만 해도 차에서 에어컨 바람 빵빵하게 틀고 왔는데 방 안은 찜질방에 들어온 듯했다. 제공해 준 집이라 에어컨이 없다고 한다. 이 집에 쭉 살고 싶어도 그럴 수 없어 설치하지 않았다고 했다. 오늘 밤, 아이들이 안 찡찡거리고 잠잘 수 있을까. 아이들보다 내가 안 깨고 잘 수 있을까.

남서향도 아니고 서향인 집. 해가 방 안의 공기까지 따뜻하게 데웠다. 제습기만 있다. 에어컨과 기능이 다르다. 방 안에 있을 수 없어 밖으로 나왔다. 그늘 하나 없다. 집 앞 섬진강에 가기로 했다. 햇빛으로 데워졌으나 실내 온도와 공기보다는 낫다. 가끔, 어디서 내려오는지 알 수 없는 거품 때문에 물놀이를 그만하고 싶기도 했으나 집에 갈 수 없다. 아직은 아니었다.

집에 와서 찬물로 샤워하고 마당에 가만히 앉아 있기만 해도 땀이 주르륵 난다. 날이 더우니 아이들은 욕조에서 다시 물놀이 시작이다. 부럽기만 하다. 남편도 아주버님과 함께 시원한 맥주 마신다. 뜨거운 햇볕이 내리쬐는 날에 마시는 맥주의 맛을 알기에 더 괴롭다. 옆집 할머니가 찐 옥수수를 갖다주었다. 날이 더우니 맥주를 한 잔 드렸다. 돌아가며 따라 주는데 나보고 왜 안 마시냐고 묻는다. 아이 젖 먹이고 있다고 대답했다. 둘째를 한 번 보더니 이렇게 더운 날 안 마시냐며 한 잔 정도는 괜찮다고 하며 나갔다. '아니야. 한 달만 참자.'

불을 피우고 삼겹살을 구웠다. 아이와 나는 모기장 안에서 편하게 고기를 먹는다. 맥주 못 마시면 어떠하리. 숯불에 구운 삼겹살, 이것도 행복이라며 위안 삼는다. 섬진강에서 바람도 불어온다.

밤 9시, 아이들 그네를 태워주러 나갔다. 섬진강, 기차, 주황색 불빛, 다리 위 조명, 아이들 웃음소리. 뒤에 따라 나온 아주버님이 맥주 피처를 가지고 왔다.

"한잔할래요? 조금만 줄까요?"

더운 낮에도 참았는데. 훅 들어온 한 방. 그 짧은 순간에 오만 생각이 떠오른다. 낮에 물놀이, 피곤한 서하, 아이들은 평소보다 늦은 취침, 칭얼거리면 남편에게 넘겨도 괜찮을 거 같고. 생각할수록 오늘이 딱 날이다. 수유 끝 음주 시작. 종이컵 빼내 두 손으로 받았다. 이후 여러 잔을 마셨다. 그날 이후, 집에 오고 나서 매일 술 마셨다. 40개월 동안 못 마신 보상이다. 그동안은 맥주 맛이 나는 무알코올 탄산음료를 마셨다. 이제는 도수가 있는 술을 즐기며 마실 수 있다. 수유 중이라고 잘 먹어야 한다는 이유로 하루에 한 번은 고기를 먹어서 둘째 출산 이후 5킬로그램이 쪘다. 술 마셔야 하니까 다이어트는 잠시 미뤘다. 술 바짝 마시고, 딱 한 달 정도만 즐기고 뺄 계획이었다. 한 달 뒤, 5킬로그램이 더 쪘다. 둘째 출산과 단유 후 찐 총 10킬로그램은 아직도 나와 함께 있다. 5년째. 이제는 좀 헤어져야 할 때가 되지 않았을까.

이별은 하기 싫다. 열 살부터 강아지를 키워온 나는 세 마리의 강아지를 떠나보냈다. 고3 수능을 한 달 앞두고 기말고사를 친 날이었다. 오후에 학교에 남아 공부하려고 점심 먹고 막 들어왔을 때, 엄마에게서 연락이 왔다. 시험공부는 하지 않고 자기 전까지 훌쩍였다. 그 뒤에 키운 강아지 두 마리는 태어난 지 한두 달 되었을 때부터 함께 했다. 항상 내 편이 되어 나를 지켜주던 몽이는 뭐 때문인지 팔다리는 가늘어지고 배만 볼록해졌다. 병원에 가도 소용없었다. 밤새 끙끙거리지도 않고 무지개다리를 건넜다. 남아 있던 한 마리, 백진주도 13년째 되던 해에 엄마가 잠시 자리를 비운 사이에 조용히 하늘나라로 갔다.

살면서 수많은 이별을 한다. 전학하며 친구와도 헤어지고, 선생님은 다른 학교로 간다. 학원도 그만두고 키우던 식물은 관리하지 않으면 죽는다. 함께 자고, 먹고, 산책 다니고, 여행 다니는 반

려동물과도 헤어질 때가 온다. 늘 내 편일 거 같은 가족과도. 이런 이별의 순간은 안 왔으면 좋겠다.

반면, 즐거운 헤어짐도 있다. 헤어짐으로 인해 더 좋아지는 삶이 있다. 안 좋은 습관이다. 게으른, 포기하는, 취할 때까지 술 마시는, 담배 피우는, 편식하는, 구부정하게 앉아 있는, 거짓말하는, 험담하는, 약속할 때마다 늦는, 불평불만을 말하는, 과거 일로 후회만 하는, 미래의 일을 걱정하는 등.

다행히 이은대 작가의 글쓰기 수업을 들으며 좋은 습관을 장착해 가고 있다. 수업 듣고, 책 읽고, 글 쓰면서 달라졌다. 지금 헤어지고 싶은 건, 술 마시며 찐 5킬로그램의 살. 수업을 들으며 내 삶의 태도가 달라지고, 변화의 맛을 봤으니 이제 살과도 이별하고 뿌듯함과 성취감 느끼고 싶다. 짧게는 하루 15분 운동한다. 시간으로만 본다면 살 빼는 데는 턱없이 부족하다. 땀이 날 수 있는 방법을 생각했다. 인터벌 실내 자전거 타기, 인터벌 러닝, 계단 오르기다. 날씨, 시간에 맞게 그날 나와 맞는 운동을 고른다. 마음먹고 한 지 세 달이 넘었다. 체중 2킬로그램, 지방 5킬로그램 빠졌다. 이번에는 뺄 수 있겠다는 희망이 보인다.

꽤 길었다. 노력하지 않았던 시간도 있었지만 5년이라는 기간

동안 내 일부였던 살을 뺄 수 있다고 상상하면 행복하다. 막상 5킬로그램이 빠지면 그동안 웃고 설레었던 만큼 기쁘지 않을 수도 있다. 목표를 달성했을 때보다 그 과정이 더 즐거우니까. 지금이 즐거우면 계획한 목표 달성할 수 있을 것이라 본다. 그러니 내가 잘 가고 있는지를 확인하고 싶다면 웃게 만드는지, 기대하게 되는지, 두근거리고 있는지 보면 된다.

술 마신 후 찐 5킬로그램, 빼는 일이 쉽지 않다. 운동한다. 먹는 양을 조절한다. 술 마시는 횟수, 팍 줄였다. 그러다 술 마시는 날에는, 특히 '이조합 꿀조합'을 만나고 나면 2킬로그램이나 찐다. 알면서도, 배가 터질 거 같다고 말하면서도 먹고 마신다. 일단 그렇게 한다. 다음 날, 체중계에 올라가면 생각한다. 5킬로그램을 빼야 할 게 아니라 7킬로그램을 빼야겠다고. 술을 끊을 생각은 없으니까.

6.

어제 과음하지 않았던 것처럼

이혜진

저녁 7시에 자고 싶다. 희망 사항이고 이루어질 수 없는 꿈이다. 아직 아이들이 한참 먹고, 노는 시간이다. 남편에게 일찍 와 달라는 말을 꺼내지도 못한다. 어제, 아니 오늘 새벽까지 달렸다. '어제는 왜 또 그렇게 마셨을까. 분위기 좋아서, 기분 좋아서, 마시다 보니까 술술 들어갔겠지. 술 좀 줄여야 하는데. 그때 안 마셔야 했는데.' 뒤늦게 후회해 봤자 돌이킬 수 없다. 아이들이 오기 전에 머리는 덜 아프고, 속이 괜찮아지길 바랄 뿐이다. 그러기 위해서 잠이 필요하다. 침대와 한 몸이 되어 두세 시간 잠을 잔다. 머리가 좀 괜찮아지면 내 할 일을 한 후 아이들을 데리러 간다. 그가 집에 올 시간이 되면 집 정리하고 요리한다. 다음을 위해서다.

저녁, 남편이 귀가했다. 퇴근하고 집으로 바로 와줘서 고맙다. 술 많이, 늦게까지 마신 날이면 남편이 좀 더 육아와 저녁 준비 및 정리를 함께한다. 어제 몇 시까지 마셨냐고, 몇 병을 마신 거냐고 묻는다. 들통날 거짓말하지 않는다. 이미 남편들끼리 연락처를 공유했다. 어제 아니고 오늘이라고 말하며 입꼬리는 위로 올리고 눈웃음을 짓는다. 새벽 3시에 택시를 탔다고 했다. 대단하다는 말이 돌아왔다. 나도 요즘엔 술로 잔소리를 하지 않으니 남편도 안 하는 거 같기도 하다.

옆에서 소주 한 병만 마셔야겠다고 한다. 평소, 남편은 친구 또는 직장 동료와 술 마신다. 또 함께하는 파트너는 나다. 연애할 때부터 술을 자주 마셨다. 어제 많이 마셨으니까 오늘은 못 마시겠다고 하는 그의 말을 '같이 마실래?'로 해석한다. 안 마시면 상대방은 그러려니 하는데 이상하게도 아빠 그리고 남편이 술 한잔하자고 하면 컨디션 핑계를 대지 못한다. 더군다나 전날 과음했다는 이유로 안 마시지 않는다. 일단 마셔보고 결정한다. 넘어가면 한 잔씩 비우고, 소주가 쓰면 나눠 마신다. 안주까지 완벽하다. 나는 아이들이 먹을 반찬 준비하는데 남편은 손에 포장 음식 가지고 귀가한다. 회, 생고기, 육회와 같은 날것이다. 술을 따라 그가 마실 때마다 옆에서 마신다. 속 괜찮냐는 말에, 고개를 끄덕인다. 안 들어갈 줄 알았는데 술술 들어간다. 내 간은 괜찮은지 걱정도 됐지만 반 병 마시면 그런 고민 따위 하지 않는다. 아이들과 식당에 가면 조급하게 먹고 나온다. 다 먹은 아이들이 집에 언제 가냐고 열 번은 넘게 물어보기 때문이다. 집에서 마시는 날은 마음이 편하다. 버스나 택시로 귀가하지 않아도 된다. 새벽까지 같이 먹은 언니들에게 연락했다. 언니들은 오늘 쉰다던데, 일찍 잔다는데 나만 술이다. 소주 한 병이 세 병 된다. 어제 마시지 않은 사람처럼 마셨다. 괜히 괜찮다고 말했나 싶기도 한데 그러기엔 소주 한 모금 들이킬 때의 내 표정이 찡그려지지 않는다.

우리는 '척'하며 살 때가 종종 있다. 내가 하는 척은 어떤 게 있을까.

'미친 척'을 가끔 한다. 요즘 새로운 일 시작할 때, 혼잣말한다. '미친 척하고 벌여봐?' 지금 체력, 능력, 현재 상황 생각하지 않는다. 새벽에 일어나고 있다는 이유 하나만으로 아직은 체력이 괜찮다고 믿는다. 대학생 때 나를 몰아붙이며 해낸 경험을 바탕으로 지금도 하면, 가능하다고 여긴다. 바쁠 때는 배달 음식 시키고 아이들에게 티브이 노출 많이 하고 있으나 여전히 엄마, 주부로 할 일도 있다. 처음에는 미친 척 달려들었다가 체력, 정신력, 마음 여유에서 벽을 만나고 난 이후부터는 범위를 조절하게 된다. 망각 덕분에 다시 새로운 일 시작할 때마다 '미친 척'한다.

또 하나는, '아는 척'이다. 아이들의 질문에 답 못할 때가 있다. 단어의 뜻을 어렴풋하게 알고 있으면 설명하기 어렵다. 의미를 유추할 수 있는 적절한 예문마저도 생각나지 않으면 검색한다. "그 단어가 이런 뜻인데 너희들이 쉽게 이해할 수 있을 만한 예문이 뭐가 있을까?" 들릴 정도로 혼잣말하며 정확한 의미 파악을 위해서 사전을 같이 찾아보자고 말한다. 모른다고 말하지 않는다. 이런 상황이 계속되니 아이들은 가만히 있는데 혼자 찔린다. 아이들이 컸다고 느끼고 난 이후부터는 '아는 척'을 줄였다.

또 하나는 '아닌 척'이다. 남편의 서운함에도 안 그런 척, 나의 부족함으로 이야기하는 말에 상처받지 않는 척을 했다. 남편, 아이, 가족, 지인 일로 힘들어도 안 힘들고 이겨내는 모습을 보였다. 과음한 다음 날에 남편과 함께 술 마시는 이유도 술 많이 마시지 않은 척, 아닌 척 중 하나이다.

이렇게 척하며 살아가는 마지막은 술 한 잔이다. 미친 듯이 시작했다가 힘들어서, 아는 체하다 말문 막혀서, 서운하고 상처받아서 마신다.

반대로 척하지 않으며 살 때도 있다.

'아픈 척'하지 않는다. 중학생 때 학원 가기 싫은 날이면 배가 아프다고 했다. 그러면 안 가도 되니까. 나이가 들면서 이 말은 절대 하면 안 되겠다는 생각이 들었다. 내 말로 인해 진짜 아파질 것만 같았기 때문이다. 가기 싫은 자리가 있으면 몸이 안 좋아서, 가족이 아파서라는 말하지 않는다. 어떤 방법을 써서라도 피하고 싶은 자리가 간혹 있지만 아프다는 말도, 아픈 핑계 댈 생각도 하지 않는다.

또 하나는 '예쁜 척'이다. 엄마라는 존재로 예쁘고 위대하다. 아이를 키우고 나이가 들면서 뻔뻔해지기도 했나 싶다. 굳이 예쁘게 꾸미지 않아도 아이 손을 잡고 걸어가는 엄마를 보면 예뻤다. 이후부턴 예쁜 척하지 않는다.

아침에 눈을 뜨면 다음부터는 술 좀 덜 마셔야겠다고 다짐한다. 술이 문제가 아니라 정신이 흐릿해지고 있는데도 마시는 내가 문제였다. 술 마실 때 한 병만 앞에 두고 내가 따라서 마실까, 시간을 정해버릴까 등 다양한 방법을 떠올렸으나 아무래도 이건 좀 어려운 일이다. 분위기에 따라 다짐은 소용없었다. 남편이 술에 잔뜩 취해 들어와 비틀거리거나 아이들이 자는데도 큰 소리로 이야기하면 술 좀 적당히 마시라고 했다. 수기치인. 나부터 잘해야 타인한테도 말할 수 있다. 자제는 하겠지만 남편에게 잔소리하지 말자는 결론을 내린다.

과음한 다음 날, 남편이 술 한잔하듯, 남편의 과음 다음 날이면 내가 한잔하고 싶다. 남편은 같이 마실 때도 있고 전혀 안 마실 때도 있다. 안 마시는 날은 괜히 마음이 꼬인다. '치, 나랑은 안 마시고.' 내가 늦게까지 마시고 온 다음 날, 저녁에 남편이 술 한 잔 따르면서 "한잔할래?"라는 말을 들을 때면 며칠 전 했던 생각이 떠오른다. 또, 남편이 그 정도로 속이 좁지는 않겠지만 혹시나 다음에 안 보내준다고 할까 봐 걱정이기도 하다. 머리는 여전히 아프지만 내 잔도 가지고 온다. 마시다가 속이 안 좋아지면 솔직하게 이야기하고 더 마시지 않지만 그런 적은 거의 없다. 자고 싶은 마음을 숨기고, 머리 아픈 티 내지 않고 옆에 앉아 같이 '짠!' 한다. 남편은 내가 괜찮은 줄 안다. 누군가는 진실성의 문제를 이야기할지도 모르겠다. 술 마시고 안 힘든 척, 잠 안 오는 척했지만 모두 다 거짓은 아니었다. 술 그리고 혼자 술 마시는 남편과 보내는 시간만큼은 진심이다.

사는 게 뭐 별거 있나. 어제 좀 늦게까지 마시고 놀았더라도 지금 옆에 있는 사람과 또 한잔할 수 있는 거지 뭐. 어차피 일찍 잘 수도 없는 상황인걸. 척도 했고 다음에 나갈 속셈도 있었지. 무엇보다도 지금, 이 순간 우리가 좋으면 됐다.

7.

밀린 술 마시기

성연경

밤 외출이 막혔다. 부부가 합의된 사항이었지만, 남편의 퇴근이 늦어지게 되니 어쩔 도리가 없다. 가뭄에 단비 같던 삶의 활력소는 다시 칩거 생활로 돌아왔다.

너무 속상해하니 방법을 찾아보자고 했다.
"같이 술 마실 것도 아니면서 방법은 무슨. 됐어."
남편은 술을 즐기지 않는다. 말술을 마시게 생겼다는 이야기를 자주 들을 만큼 딱 봐도 잘 마시게 보인다. 실상은 소주 한 잔에도 얼굴이 붉어질 정도로 체질적으로 술이 맞지 않는다. 아무리 술을 예찬하는 이야기를 해도 맛있는지 도저히 모르겠다고 한다. 그런 사람이 같이 마시자고 한다. 웬일이래. 아니나 다를까, 자기는 내가 마시는 동안 앞에 앉아만 있겠다는 것이었다.

불편했다. 마주 보고 앉아 혼자 마시니 보고 있는 그도 재미가 없고 나도 흥이 나지 않았다.

"아휴 됐어. 그냥 가서 누워." 차라리 없는 게 나을지도 모른다는 생각에 편히 쉬라며 등을 떠밀었다.

"아니야, 다 먹을 때까지 앉아 있을게." 쓸데없이 친절하다.

얼마 뒤 자기에게 맞는 술을 가져왔다며 같이 마시자고 한다. 똑같은 도수의 술을 함께 마시면 자기는 주량이 약해서 힘드니 각자 입맛에 맞는 술을 먹자며 달콤함이 가득한 칵테일 맥주를 꺼낸다. 술을 좋아하지도 않으면서, 그렇게까지 애쓸 필요 없다고 말하면서도 내심 고마웠다.

결혼 후 십여 년을 살면서 둘만 가진 술자리가 손가락으로 셀 수 있을 정도였다. 굳이 권하고 싶지 않아 그런 자리도 만들지 않았다. 술맛을 모르는 남편은 술 외에도 맛있는 음식이 지천이라 마셔야 할 이유가 없다고 했다. 어쩌다 가족 모임이나 친구들을 만나 함께 술자리에 가도 그는 운전을 이유로 술을 거절한다.

그랬던 그가 "나이가 들어서 그런가, 나도 한 잔씩 하고 싶네." 하며 나의 장단에 맞춰주려 애썼다.

남편과 술을 마셨다. 맛있는 안주를 준비하고 각자의 술을 가지고 앉는다. 술을 마시며 이런저런 이야기를 나누었다. 처음에는 할 말이 없었다. 어색함을 벗어나려 종일 아이들과 있었던 시시콜콜한 일들, SNS에서 재미있게 보았던 사소한 것을 소재로 삼았다. 남편도 가게에 왔던 진상 이야기, 새로 들어온 물건에 대해 늘어놓았다. 평소에는 하지 않던 대화다. 아침엔 출근한다고 정신없고 낮엔 일하기 바쁜 탓에 중요한 것들만 간단히 통화로 전달했다. 늦은 귀가를 하면 나도 육아에 지쳐 있고, 남편도 쉬기 바빴다. 어쩌다 일찍 오면 나는 기회로 삼아 자유시간을 가졌다. 잠들기 전까지 각자 핸드폰을 들여다보며 뒹굴어도 시시콜콜한 이야기를 나누지 않았다. 심각하거나 중요한 일을 상의해야 할 때만 잠깐 앉아보라며 이야기 좀 하자고 했다. 모두 피곤했고 길게 할 말도 없었다. 코로나 전부터 우리는 서로에게 거리두기를 하고 있었던 모양이다. 둘이 술을 마시니 그 시간을 대화로 채우게 되었다. 대화의 시간이 많아지니 서로를 이해하는 마음도 커졌다. 온갖 이야기를 나누다 보니 각자의 자리에서 얼마나 치열하게 하루를 보내는지 알게 되었고, 나만 힘든 것이 아니라 '너도 힘들었구나.' 하며 위로와 응원을 하게 되었다. 술자리를 통해 대화의 중요성을 몸소 느끼고 체험했다.

요즘도 가끔 같이 마신다. 남편은 하이볼이 마시기 수월하다고 하더라며 검색을 통해 알게 된 재료를 준비한다. 나는 그래도 소주가 제일 낫다며 소주잔을 챙긴다. 자기가 만들었지만 기가 막히게 맛있다며 하이볼 한 잔을 권한다. 술맛도 모르는 사람이 만든 음료수 가득 넣은 술은 사양한다며 놀리는 재미도 쏠쏠하다. 이제는 마주 앉아 이야기를 나누면 느껴지던 어색함은 없다. 대화가 많아지고 다툼이 줄었다며 서로 자기 덕분이라고 우긴다. 우리의 수다가 즐겁다.

상호 간의 소통에 대화가 얼마나 중요한지는 너무나 잘 알고 있는 사실이다. 그중에서도 부부간의 대화는 가정 내에서 발생하는 문제의 해결과 합리적인 결정에 중요한 역할을 한다. 서로의 감정을 나눔으로써 상대를 더 잘 이해하고 지지해 줄 수 있다. 그리고 부모의 건강한 대화가 아이의 감정적, 언어적, 사회적 발달에 영향을 미치며, 갈등을 해결하는 방법을 배운다. 그렇다고 오늘부터 당장 배우자와 함께 술을 마시라는 이야기가 아니다. 함께 있는 공간에서 상대의 이야기를 들어주고 자신의 마음을 나눌 수 있는 공통의 매개체를 통해 대화의 물꼬를 터 보면 어떨까. 나뿐만 아니라 가족에게 대화의 효과를 선물할 수 있을 것이다.

여전히 남편의 퇴근은 늦다. 2년 전까지만 해도 오빠 때문에 마시지 못한 술이 쌓였다며 퇴근을 재촉했는데 반대가 됐다. 이제는 남편이 밀린 술을 먹자며, 늦게라도 같이 마시면 괜찮지 않냐고 한다.

아! 이게 아닌데.

8.

이조합 꿀조합

성연경

봄바람 맞으며 가진 첫 술자리 후 서너 달이 지났다. 그사이 몇
차례 더 만남을 가져 우리는 서로가 얼마나 엉뚱하고 재미있는가
를 확실하게 알았다. 너나 할 것 없이 자기가 제일 정상이고 개그
담당은 따로 있다며 웃음보가 터진다. 규칙도 없고 정신도 없는
대화 속에 웃기 바쁘다.

술을 마시며 늘 등장하는 이야기가 있다. 비비드 드림, 개인 저
서, 공동 저서, 크루즈, 해외여행.
여행 이야기는 빠지지 않는다. 어떤 날은 대화가 너무 진지해서
내일 당장 떠날 듯하다. 그날도 어김없이 모여 술잔을 기울이며

어쩌다 시작된 여행 이야기에 당장이라도 출발할 듯 열을 올렸다.

"크루즈를 타려면 돈을 모아야겠고, 코로나라 해외여행은 안 되고, 우리끼리 가까운 통영 갈래?"

영은 언니의 이야기다.

"통영이 가까워요? 애들 놔두고 우리끼리요? 희망 고문 그만하고 술이나 마셔요."

늘 그렇듯 상상의 즐거움이라도 가지라는 거냐는 투덜거림과 함께 잔을 부딪친다.

"아니야~ 가자, 가자. 너무 가고 싶다. 언제 갈래? 숙소 있나 볼까?"

"그래 가자. 한 번 갔다 오자. 기분 전환도 하고, 가서 책 쓰는 이야기도 하고. 좋다, 좋다."

두 언니가 쿵 짝을 맞춘다. 분위기가 이상하게 흘러간다. 날짜를 정하고 숙소를 예약했다. 남편이 출장이 잦은 혜진이와 퇴근이 늦는 남편을 둔 나는 당황스럽다. 게다가 나는 아이들을 두고 여행을 간 일이 한 번도 없었다. 간간이 나오는 밤 외출도 큰 결심이었는데, 아이들을 두고 여행을 간다니 상상 속에나 있었던 일이다. 이 여행 갈 수나 있을까.

우리의 여행은 생각보다 순조롭게 진행되었다. 생전 안 하던 소리를 해서 그런가, 남편이 흔쾌히 허락했다. 남편이 아이를 돌보지 못하는 시간은 동생이 도와주기로 했다. 혜진이도 수월하게 방법을 찾았다. 여행이 확정되고 나니 대화의 모든 카테고리가 통영이다. 오후에 출발해 다음 날 오전에 돌아오는 24시간도 채 되지 않는 여정이었지만 계획을 짠다고 술자리를 가지고, 여자 넷이 얼마나 먹겠다고 메뉴를 짰다. 마치 한 달 여행이라도 떠나는 듯 들떠 있었다.

일은 어이없는 데서 터졌다. 출발하기 며칠 전 지연 언니가 손을 다쳤다. 넘어지며 손을 짚어 팔 깁스를 했다. 주로 사용하는 오른쪽 손이라 불편할 것 같다며 여행을 고사했다. 우리는 가서 일할 거 아니지 않냐며 설득했고 다 함께 가기로 했다.

이번엔 일기예보가 발목을 잡았다. 폭우가 온단다. 날짜도 어찌나 잘 잡았는지 장마가 겹쳤다. 하지만 긍정의 여자들 아닌가. 비도 와야 오는 거라며 포기하지 않았다.

드디어 출발했다. 8090 추억의 노래를 흥얼거리며 통영을 향했다. 고속도로를 진입해 얼마 지나지 않아 비가 내리기 시작했다. 통영을 향할수록 비가 퍼붓는다. 차를 돌려야 되나 하는 생각이

들 정도였다. 걱정에 의논하려 뒤를 보니 지연 언니와 혜진이는 세상모르고 잠을 자는 게 아닌가. 빗길 운전 중인 영은 언니와 뒷자리 상황을 얘기하며 한참을 웃었다. 이래야 우리지. 폭우 따위는 우리를 막을 수가 없었다.

비를 뚫고 도착한 통영에서도 숙소로 서둘러 들어가는 계획 변경이란 있을 수 없다. 우산을 쓴 건지 그냥 비를 맞는 건지 분간도 되지 않는 상황에도 기어코 활어시장에 가서 술안주를 사는 정성을 놓지 않았다. 모든 쇼핑을 마치고 드디어 숙소로 입성해 짐을 내리는데 기가 막혔다. 내일 오전 퇴실까지 몇 시간 남지도 않았는데 마실 술이 가득하다. 통영에 온 목적은 기억도 나지 않았다. 오직 술인가.

본격적인 술자리가 시작되었다. 술에 진심인 우리는 안주를 코스로 준비하고, 워터 저그에 얼음을 가득 채워 소주를 꽂는다. 손을 다친 지연 언니는 '약 먹어야 해서 술은 자제할게.' 마음에도 없는 말을 하며 자리에 앉고 우리는 귓등으로도 듣지 않는다. 손만 다치고 입은 멀쩡한 지연 언니는 쌈 싸주면 주는 대로 소주잔을 들이켜며 잘만 먹는다. 불과 몇 분 전 금주한다던 사람은 어디로 갔을까.

한참을 먹고 마시며 허기진 배를 채우다 영은 언니가 소리친다.

"아 맞다. 옷 준비해 왔지? 사진 찍고 다시 마시자."

여행을 준비하며 옷을 맞춰 입고 사진을 남기자는 이야기했다. 드레스 코드는 분명히 어두운색 원피스였다. 옷을 갈아입고 나오며 그럴 줄 알았다며 영은 언니를 쳐다본다. 혼자 붉은 레오파드 원피스를 준비했다. "어? 왜 난 몰랐지?" 한다.

후다닥 사진을 찍고 다시 앉아 술을 마시려는데 혜진이가 차분하게 말한다.

"언니, 술이 시원하지 않아요."

까탈스러운 부분이 하나도 없는 그녀는 유독 술 온도에 예민하다.

예쁘게 웃으며 엉뚱한 소리 하는 영은 언니, 환상적인 매력을 기대하면 환장하게 만드는 지연 언니, 제일 정상인 것 같은데 차분하게 진상하는 혜진이.

이게 그녀들의 매력이다.

술 마시려고 먼 길까지 나설 일인가 싶지만 우리는 함께 한 여행을 통해 서로를 더 많이 알게 되고 상대를 더 깊이 이해하게 되었다. 거창하거나 대단한 취지가 있는 것이 아니다. 소소한 공통의 관심사와 서로를 향한 작은 배려가 쌓여 끈끈한 우정이 되어간다. 3시간 넘는 빗길을 뚫고 온 첫 여행에서 우리는 우정을 다지고 마음을 터놓을 수 있는 친구를 가졌다.

3장

한잔하고 싶은
밤이니까요

1.

오늘은 집에 안 갈 거야

이영은

"땡그랑!"

편의점 문이 활짝 열린다.

그녀들이 환한 미소로 손 흔들며 다가온다.

술병 한아름을 품에 꼭 안고.

우리 술자리 시작 시간은 육아 퇴근 시간과 같다. 밤 9시나 10시 쯤 만나야 하기에 빨리 모일 수 있는 곳으로 정한다. 오늘도 중간 지점인 우리 동네 막창집이다. 각자 육아 전투를 끝내고 비장하고 설레는 표정으로 식당에 입장한다. 누가 먼저 할 것 없이 도착하는 사람이 막창과 술을 넉넉히 주문한다. 다시 주문할 시간조차 아깝다. 12시 전 귀가를 목표로 만난 사이라 시간을 최대한 단축하며 먹어야 한다. 말하느라 먹느라 입이 쉴 새가 없다. 들어주기는커녕 각자 자기 얘기하기에 바쁘다. 때로는 먼저 얘기하겠다고 큰소리로 말하면서 손 들고 일어선다. 말 못 해 안달한 사람 같다. 이야기의 대부분은 가벼운 일상 얘기와 농담이다. 다른 이의 사생활이나 험담은 우리의 관심사가 아니다. 우리가 서로 얘기 안 하는 시간은 누군가의 에피소드로 빵 터져 한껏 웃을 때뿐이다. 웃음이 끊이질 않는다.

일과 육아로 차곡차곡 쌓아두었던 뜨거운 스트레스의 열기가 머리 위로 빠져나와 상쾌한 기포로 터져나가는 것 같다.

분위기가 한껏 무르익어 갈 때쯤이면 식당 사장님의 말소리가 들린다.

주방 마감 시간이 다 되었다면서 더 주문할 음식이 있는지 물어본다. 이제 그만 술자리를 정리하라는 의미이기도 하다. 순간 정적이 흘렀다. 벌써 시간이 이렇게 되었나 싶어 눈을 동그랗게 뜨고 다들 마주 본다. 우리가 만나고 나서 제일 조용한 순간이다. 입이 아닌 눈으로 대화하기 시작한다. 각자의 눈빛을 보자마자 무슨 얘기인지 감이 온다. 나는 고개를 절레절레 흔들며 눈으로 대답한다.

'안 돼. 오늘은 우리 집 안 갈 거야.'

'조금만 있다가 가자~'

'그래도 안 돼. 저번에도 우리 때문에 신랑 귀마개 끼고 잤대.'

'이대로 헤어지긴 아쉽잖아.'

'그건 그렇지만······.'

일단 일어서자는 누군가의 한마디로 식당을 나선다. 나오자마자 그녀들의 발걸음은 자연스레 편의점으로 향하고 있었다. 그녀들이 편의점에 간 사이 집을 올려다본다. 아직 거실에 불이 켜져 있는 것을 확인하고 신랑에게 전화를 건다. 분명 전화할 땐 불이 켜져 있었는데 전화를 끊자마자 거실 불이 꺼진다. 귀마개를 찾아 방으로 후다닥 들어가는 신랑의 모습이 그려진다. 부탁 같은 통보를 하고 집으로 향하면서 얘기한다.

"애들아, 딱 1시간만이데이~"

"당연하지!"

당연히 1시간일 리가 없다는 걸 알지만 거짓 약속으로 각자의 마음을 안심시킨다.

식당에서 왁자지껄했던 분위기와는 다르게 아이들이 깰까 봐 소곤소곤 조용히 시작한다. 1차 때의 가벼웠던 대화와는 다르게 각자 속마음을 이야기하기도 한다. 쉽게 내어놓지 못했던 마음속 깊이 눌려 있었던 가족 이야기, 부부 이야기, 아이들 이야기를 꺼내 놓기도 한다.

충고나 위로 공감의 눈물 따윈 우리에게 없다. 그저 고개를 끄덕이며 함께 술잔을 기울이는 게 다이다. 심각한 얘기를 하다가도 실없는 농담으로 마무리하기도 하고 눈물샘이 터질라치면 웃음콧물로 마무리 짓는 일이 대부분이다.

그래도 우리는 안다. 나와 같은 네가 있어 좋고 너로 인해 살아갈 힘이 된다는 것을.

깊은 생각 없이 다들 즐거워 보이고 애들 잘 키우려는 엄마 같지만 그게 다가 아니란 것을.

버텨내는 너를 보며 힘을 얻고, 무례한 세상에 상처받지만 아닌 척 하는 너를 보며 나도 위로를 받는 것을.

서로 잘하고 있다고 위로하고 응원한다. 잘 해내고 있는 네가 자랑스럽고 덕분에 나도 힘이 난다고 말한다. 이 만남이 덕분에 힘든 일이 있어도 버티고 있다고. 기댈 수 있는 존재가 되어주어 고맙고 내 이야기를 들어줘서 고맙다고 한다.

물론 눈으로 말이다.

엄마로 사는 게 지칠 때 우리는 만난다.

아내로 살기 힘들 때 우리는 술을 마신다.

여자로 살고 싶은 날, 내가 '나'이고 싶은 날, 만남의 건수를 잡는다.

약속한 1시간이 3시간이 다 되어 갈 무렵 우리는 서로의 눈을 피하기 시작한다.

2.

마시면 마실수록
빠진다

이영은

마시면 마실수록 네가 예뻐 보여.

마시면 마실수록 네가 다정해 보여.

마시면 마실수록 네가 사랑스러워 보여.

마시면 마실수록 내가 더 멋진 사람이 되고 싶어.

인맥이 넓지 않다. 언젠가부터 마음이 힘든 만남은 멀리했다. 한때는 옛정 때문에 꾸역꾸역 인연을 이어 나가기도 했다. 못나고 비좁은 내 마음을 탓하기도 하고 생각을 고쳐보려 애쓰기도 했다. 내 마음과 다름을 넘어서 '어떻게 사람이 그럴 수 있지'라는 생각이 드는 타인을 보며 상처받고 설움 당하는 일에 지쳐갔다. 인간

관계에 대한 회의감도 커져갔다. 상처에 무뎌지는 일은 힘들었지만 인맥을 유지하는 일에 무뎌질 때쯤 서서히 인간관계도 정리가 되었다.

이제 시절인연은 그 시절에 끝나야 멋진 추억만이라도 간직할수 있다고 생각한다. 결혼하고 엄마가 되면서 만나는 새로운 인연들이 많아졌다. 전과 다르게 사람을 보는 새로운 기준이 생기기도 했다. 만남 후 남편이 더 싫어지거나 아이들에게 잔소리가 늘어나게 되는 모임은 가지 않으려 했다. 헤어진 후 내가 초라해 보이거나 작은 것 하나까지 나누고 계산하는 내 모습이 보이는 만남도 끊어냈다.

인연은 한쪽에서만 배려하고 애쓰는 게 아니라 함께 노력해야 하지만 그 노력조차 버거운 이들은 자연스레 멀어지기도 했다. 힘든 만남에 애쓰거나 연연해하지 않고 내 일에 더 집중하자 생각했다. 좋은 인연은 내가 억지로 노력하지 않아도 이어질 거로 생각했다.

내가 더 좋은 사람이 되면 될수록 좋은 사람들을 만날 기회가 많아진다는 말을 굳게 믿었다. 자연스레 형식적인 모임과 힘든 인연이 정리되자 곁에 남은 이들이 더욱 귀하게 느껴졌다. 이들에게 더 집중하고 소중히 지켜나가고 싶은 마음도 커졌다. 보석같이 내

곁에 있는 사람들 덕분에, 인간관계에 더 집착할 필요도 없었다. 이들과의 만남은 나를 더 성장시키고 내 좋은 모습을 발견하게 했다.

내 주위 귀한 사람들의 특징을 살펴보면 이러하다.

어떤 상황에서도 긍정적이다. 긍정적인 사람과 함께 있으면 맛있는 음식도 배로 맛있고 예쁜 옷도 열 배로 예뻐 보인다. 그렇게 좋음과 기쁨을 함께 마음껏 표현한다. 같은 상황에도 우리는 열 배로 더 행복해지는 마법 같은 순간이다. 반면에 좋은 사람 같아 보이지만 부정적인 말을 자주 내뱉는 사람을 만날 때면 서둘러 마음을 닫아걸었다.

다음으로는 예의를 지키는 사람이다. 아무리 친하더라도 서로 간의 예의를 지키며 서로 존중하는 사람이다. 좀 친해졌다며 막말하거나 상대방을 배려하지 않는 언행은 다음 만남으로 이어지기 힘들었다. 상대에게 말을 예쁘게 하는 사람은 그 사람을 귀하게 여긴다는 뜻이다. 좋은 인연이 얼마나 귀한지 알기에 더욱 소중하게 대하는 것이다.

마지막으로는 서로 진심으로 응원하고 축하해 주는 사이이다. 이들의 공통점은 질투심이 없다. 각자의 삶에 최선을 다하기에 그가 한 노력의 과정을 인정하고 이해한다. 이들은 질투심은커녕 내 행복을 자신의 일처럼 기뻐해 주고 응원해 준다.

감사하게도 나에게 20년 된 보석 같은 친구가 있다. 이제는 가족 같은 그녀는 내가 뭘 하든 진심으로 잘했다고 또 자랑스럽다고 말해준다. 그녀의 진심이 고스란히 느껴져, 때로는 전생에 우리 엄마가 아니었을까 하는 생각된 적도 있다. 소중한 인연 덕분에 힘든 일들을 버티며 살아갈 용기를 얻는다. 나를 귀하게 여기는 사람에게 나 또한 존중하려 노력한다. 그래야 그 인연이 깊어질 테니 말이다.

이런 사람이 곁에 있다는 건 큰 행운이다. 덕분에 내가 더 멋진 사람이 되고 싶고 멋진 인생을 살아가고 싶어지니 말이다. 살면서 정말 제대로 된 사람을 만나면 사람을 보는 기준도 예전의 나로 돌아갈 수 없을 만큼 높아짐을 귀한 인연을 통해 깨달았다.

술 인맥을 말해보자면, 더 좁다. 술은 사람을 관대하게 하기도, 한없이 쪼잔 하게 만들기도 한다. 술을 먹지 않는 사람과의 술자리에서는 굳이 술을 마시지 않는다. 또한 맨 정신에 아무리 좋은 사람이라도 술 먹고 기분이 우울해지는 사람과는 함께하려 하지 않는다. 술을 통해 하소연하는 것까진 좋지만 비관까지 가는 건 싫다. 쉬지 않고 한숨을 쉰다거나 심지어 계속 울어버리는. 사실 나도 소싯적 그랬지만 그런 나와도 인연을 끊어냈다.

이렇게 남은 귀한 나의 술 메이트들은 이 책의 저자들도 포함된다. 그녀들의 매력은 마시면 마실수록 더 짙어졌다.

예쁘장한 미모에 도도할 것 같던 그녀는 입을 열수록 깬다고 하지만 내 눈에 더 예뻐 보였다.(라이팅 코치, 『역마살 엄마의 신호등 육아』,『꿈이 있는 엄마의 7가지 페르소나』의 저자 박지연)

팩트를 딱딱 짚어주며 때로는 뼈 때리는 말로 정신 차리게 만들어 주는 네이밍 요정인 그녀는 내 눈에 한없이 다정해 보였다.(북 큐레이터, 『나는 나를 사랑해서 책을 쓰기로 했다』 공저 성연경)

말없이 이야기를 한참 듣고 끄덕이며 공감해 주다 안 그런 척하면서 한술 더 뜨는 낭창함이 매력적인 그녀는 내 눈에 더 사랑스러워 보였다.(라이팅 코치, 『똑똑한 엄마는 시간 관리가 다르다』의 저자 이혜진)

함께 하는 자리가 깊어 갈수록 그녀들이 사랑스러워 보였다. 사랑스러운 눈빛으로 볼 수 있는 나 자신이, 그 시간이 감사하다. 함께 할수록 내가 더 멋진 사람이 되고 싶다. 그녀들을 통해 나를 보고 나를 통해 그녀들이 보인다. 그녀들의 모습에 내가 있었고 또 함께 성장하는 우리가 있어 든든하다.

무엇보다 마시면 마실수록 예뻐 보이는 그녀들의 특급 비밀은 술을 마시지 않아도 '멋진 사람'이라는 거다.

3.

왕년에 춤 좀 췄습니다만

박지연

여느 때처럼 그녀들과 '해녀의 꿈' 야외 테이블에 앉았다. 우리 자리에 비치된 블루투스를 켠다. 좋아하는 가수, 시대별 음악, OST 모음집 중 하나를 틀고 흐르는 음악을 배경 삼아 바쁘게 젓가락을 움직인다. 떡볶이, 콩나물국, 해시브라운, 감자로 채워진 밑반찬이 없어졌다. 사라진 음식 속도만큼이나 빠르게 한 병을 비웠다. 간에 가볍게 코팅만 했을 뿐인데 기운이 올라온다. 목소리도 높아진다. 동작이 커진다. 곧이어 해산물 한 상이 나온다. 해삼, 멍게, 개불, 전복, 산낙지를 보니 다시 공복 상태다. 우리의 뱃속으로 들어올 그대들에게 심심한 위로와 감사를 전하며 너도나도 피사체에 항공 샷으로 우아하게 담는다. '짠' 하기 직전, 중앙에 모은 하트 모양 소주잔 속 투명한 액체는 한 장의 사진을 남기고 식도로 내려간다. 오가는 정이 없는 건지, 주거니 받거니 따윈 없다. 각자 속도로 알아서 붓는다.

매 순간 첫 끼니인 듯 젓가락질에 심취한 그녀들. 잔을 맞댈 때만 소리를 낸다.

조금 전부터 흘러나오던 음악이 이제야 들린다. 90년대 음악이다. 빠른 비트에 몸이 반응한다. 반사적으로 오른쪽 발가락이 위아래로 까딱까딱한다. 한 잔 더 마실 때마다 흥이 어깨를 타고 올라온다. 멈춰야 하는데 엉덩이가 들썩인다. 눈치껏, 아주 살짝만 일어났을 뿐인데,

"앉으라고. 제발. 춤 좀 추지 말라고."

"와, 진짜 깬다. 움직이는 전봇대 아니죠?"

"오전에 수영 다니지 말고 댄스 학원으로 가요."

이제 막 일어났는데, 시동도 안 걸었는데. 격한 반응에 일단은 앉는다. 앉아는 있지만 여전히 발가락은 움직인다. 왜 죄다 아는 음악만 나오는 걸까. 뇌에서 보내는 신호가 오작동했는지 다시 몸을 일으킨다. 멀리서 여자 사장님이 총총걸음으로 온다.

"지연아. 앉아, 앉아. 너는 춤만 안 추면 완벽해. 그냥 먹어."

고등학교 3학년이던 2000년. 테크노음악이 유행했다. 누가 더 빠른 노래를 부르나, 누가 더 고음을 내나 대결하는 듯했다. 수험생은 공부만 하면 되는 줄 알았는데, 막상 그 나이가 되어보니 만만치 않은 삶이었다. 노력을 쥐어짜도 성적은 제자리였다. 그나마 유지하는 게 다행이었다. 일요일에도 학교에 갔다. 그런데도 성적은 왜 이 모양일까. 19년 인생, 고비가 찾아왔다. 다 때려치우고 반항하고 싶었지만, 학생 신분을 벗어날 방법은 없었다.

그해 여름. 번화가에 고등학생을 위한 콜라텍이 오픈했다. 콜라 한 캔을 시켜놓고 음악에 맞춰 춤추는 곳이라 했다. 같은 반 친구들과 구경삼아 들어갔다. 주말 저녁 7시. 환한 거리와 달리 입구부터 어두웠다. 안으로 들어가니 파랗고 까만 조명이 있다. 무대 중앙에는 무지갯빛으로 가득한 조명이 돌아간다. 학생들은 원형, 사각 테이블에 앉아서 정말로 콜라만 마시고 있다. 뭐 이런 곳이 다 있나 싶을 즈음 음악이 나온다. 테크노음악, 이정현의 〈와〉가 나온다. 콜라를 마시던 남, 여학생들이 무대 위를 장악한다. 그 넓던 공간에 빈틈이 없어진다. 일단 테이블에 자리 잡았다. 학생들은 DJ의 음악에 따라 떼창을 하고 같은 춤을 춘다. 이 노래의 하이라이트는 새끼손가락에 긴 손톱을 붙여 마이크 삼아 노래하는 건데, 다들 짧은 손가락으로 잘도 흉내 낸다. 그 틈에 엄마 친구 아들이 보인다. 그 엄마는 지금쯤 성실하고 착한 아들이 학원에 있는 줄 알 텐데. 눈이 마주친다. 멀리서 사인을 보내온다. 몸은 춤을 추면서 검지를 입에 댄다. 어차피 네 맘 내 맘이다. 계속해서 음악이 흐른다. 클론, 코요태, DJ DOC 노래가 줄지어 나온다. 두번째 곡부터는 친구들과 같이 올라갔다. 닭장 속 꼬꼬닭처럼 다다닥 붙어서 움직이지만 재미있다. 피로가 확 풀리는 거 같다. 어떤 학생들은 DJ 앞에 있는 작은 무대에 올라간다. 잘 추는 사람만 올라가는 건가. 각자가 모두 음악과 춤에 취했다. 콜라에 취한 건지, 분위기에 취한 건지, 수험생 스트레스에 취한 건지 알 수 없지만 2시간 남짓 놀고 나면 스트레스가 땀으로 분출됐다.

부산스럽게 고등학생 시절을 보내서일까. 대학생이 되어서 친구들이 클럽이나 나이트클럽에 가자고 할 때마다 별다른 흥미를 느끼지 못했다. 미친 듯 춤추고 놀았던 그때가 스무 살 인생의 하이라이트였다. 교과서 같은 여자의 일생처럼 대학 졸업 후, 취직하고, 결혼했다. 그 후로 10년 가까이, 두 아이 육아에만 집중했다. 매일 듣는 음악이라고는 동요가 전부여서 인기 있는 아이돌그룹, 인원, 멤버들 프로필에 대해선 알 턱이 없었다.

운전 중에 라디오를 틀었다. S.E.S의 〈I'm your girl〉 노래가 나왔다. 흥얼대는데 뒷자리에 앉은 첫째가 엄마도 아느냐고 물었다. 고등학교 1학년 때 나왔던 노래라고 하니 정말이냐며 되묻는다. 너는 어디서 들었냐니 아빠 차에서 자주 들었다 한다. 신기하다고 대답하는 순간 왼쪽 발가락이 반응하기 시작했다. 고등학교 1학년 소풍 날, 장기자랑 반 대표로 나가 세 명의 친구들과 춤추던 게 생각났다. 노래를 따라 부르며 머릿속으로 춤을 췄다. 집에 도착한 아이들이 조금 전에 들었던 그 음악을 다시 틀어달라고 했다. 각목 같은 몸을 흔들어대는 아이들을 보고 있으니 피로가 사라졌다. 곡이 끝나자마자 또 틀어달라고 한다. 아이들 컵에는 주스를, 내 컵에는 맥주를 따랐다. 건배를 외치고 노래를 틀었다. 아이들의 안무에 맞춰 같이 몸을 흔들었다. 서로의 모습을 보며 깔깔거리며 웃었다. 누가 더 망가지는 대회인가. 가사가 틀려도, 박자가 어긋나도, 몸이 뻣뻣해도 개의치 않고 흘러나오는 음악에 몸을 맡겼다.

평소에는 쓰지 않던 근육이, 한 잔만 들어가면 움직이기 시작한다. 잘 추고 못 추고는 중요하지 않다. 내 기분에, 내 마음에, 내 멋대로, 몸이 가는 대로 흔들어댄다. 올해 들어, 연초부터 바쁜 일정을 소화했다. 1월부터 두 권의 공동 저서를 집필했고, 마무리 지을 즈음 개인 저서 집필도 시작했다. 아침을 깨우는 나만의 의식으로 시작해 수영, 독서, 필사, 영어 회화 공부, 글쓰기, 요가 등의 루틴까지 하며 어느 해보다 촘촘한 하루를 살아가고 있다. 한 주를 무사히 마무리하고 나면 여느 때처럼 나에게 주는 보상이자 선물이라며 한 잔의 술을 기울인다. 며칠 동안 쌓였던 스트레스, 피로, 무거운 감정 모두 춤으로 날려 보낸다. 내 몸을 마음껏 흔들 수 있는 자유! 한 잔의 술이 주는 비타민이자 영양제다.

4.

가끔은
혼자인 날도 필요해

박지연

냉장고 야채칸 문을 당긴다. 어떤 재료가 있는지 빠른 속도로 훑는다. 레이더망에 포착된 껍질을 벗긴 양파, 양배추, 어묵을 꺼낸 뒤 냉동실 문을 연다. 마트에서 사둔 소포장 된 떡국떡과 대파를 조합하니 떡볶이가 떠오른다. 작은 양푼을 꺼내 얼어있는 떡을 담고 정수기에서 물을 받는다. 1인용 냄비에 적당한 양의 물을 넣은 후 육수용 멸치 여러 개와 아기 손바닥 크기의 다시마를 넣고 중간 불로 맞춘다. 육수가 끓을 동안 양파, 양배추, 대파를 씻어 한입 크기로 썬다. 냉장고에서 고추장을 꺼내고 고춧가루와 매실액을 준비한다. 물이 끓고 얼마 지나지 않아 육수용 건더기를 건져내고 준비한 재료를 한 번에 넣는다. 고추장, 간장, 고춧가루,

매실 원액도 눈대중으로 넣는다. 골고루 익을 때까지 충분히 젖다가 팔팔 끓으면 불을 낮추고 졸인다. 식탁 위에 있던 책, 노트, 잡동사니를 옆으로 밀어 치운다. 적당히 걸쭉해지면 싱크대 상부 장을 열어 가운데가 움푹 파인 둥그런 접시를 꺼내 옮겨 담는다. 깨를 뿌려 먹음직스럽게 마무리한 후 식탁에 놓는다. 300cc 생맥주 잔에 얼음을 가득 채운다. 김치냉장고에서 살얼음이 붙어있는 캔맥주를 꺼내 따른다. 거품은 잔 위에 장식 정도로만 쌓이게 기울여 붓고 젓가락을 들고 자리에 앉는다.

한 모금 마셨을 뿐인데 정신이 번쩍 든다. 하루의 피로가 순식간에 허공으로 흩어진다. 떡국떡이라 조금 아쉽지만, 비주얼과 맛만큼은 완벽하다.

한 모금에 젓가락 한 번, 숟가락 한 번을 반복하다 보면 잔이 빈다. 얼음을 채우고 다시 맥주를 따른다. 효과음인가. 눈, 입, 귀마저도 즐겁다. '이게 행복이지.'라고 하는데 어딘가 적막하고 허전하다. 들리는 소리라고는 아이들의 낮은 숨소리, 내가 먹고 마시며 내는 소리가 전부다. 적당히 배부르니 다른 데로 시선이 돌아간다. 아이들 태블릿을 가지고 온다. 어떤 걸 볼까. 넷플릭스를 보고 싶은데 유료다. 한 번의 호사를 누리겠다고 돈을 내려니 아깝다. 친구에게 메시지를 보낸다. 잠시 후 아이디와 비밀번호가 적힌 답장이 온다. 도용 허가를 받고 로그인한 후, 손가락을 아래에서 위로 여러 번 올렸다 내렸다 한다. 추천 영화와 드라마만 검색했을 뿐인데 어지럽다. 넘쳐나는 제목을 보며 결정 장애가 다시 고개를 든다. 골랐다가도 정주행하게 될까 봐 겁이 난다. 돋보기 모양을 눌러 전에 봤던 작품을 검색한다. 돌고 돌아 다시 〈라라랜드〉다. 몇 번이나 본 걸까. OST와 주인공 대사까지 다 외울 지경이다.

 '분명, 영화를 제작한 감독과 음악감독은 천재일 거야. 아니면 연애 경험담이 많거나 본인의 경험이 담겨 있을 거야. 여주인공 엠마 스톤은 살면서 본 여자 중에 오드리 헵번 다음으로 젤 이쁘네. 웃는 얼굴은 어쩔 건데. 어떻게 저 미소와 웃음에 안 넘어갈 수가 있지. 화내는 모습도 사랑스럽고. 뭘 해도 귀여워. 라이언 고즐링이 멋지다고 생각한 적은 전혀 없었는데, 어떻게 저리 완벽할 수 있지. 비주얼은 어쩔. 둘이 진짜 연애한 사이는 아닐까? 그렇지 않고서 진짜 현실 연인처럼 연기할 수가 있나? 피아노 치는 손은 대역인가? 검색해보면 알겠지. 뭐야? 이 역할을 위해 몇 개월 동안 연습했다고? 아무리 미친 듯이 했다고 해도 단기간에 가능

할 수 있나?'

복화술 질문이 꼬리를 잇는다. 술 마시고 있다는 사실을 잊기도 한다. 아기 동자라도 온 듯 혼자 묻고 혼자 답하다가 머리를 흔든다. "그만."

자리를 일어난다. 마시던 잔과 음식을 정리한다. 끝까지 보는 일은 드물다. 분명히 술은 혼자 마셨는데, 영화 속 주인공들의 감정을 추측하고, 질문을 던지다 보면 누군가와 함께 마신 듯한 착각이 들기도 한다.

드라마도 마찬가지다. 주변에서 인생 드라마라며 추천해 준 아이유와 이선균 주연의 〈나의 아저씨〉, 이병헌과 김혜자가 나오는 〈우리들의 블루스〉, 공유와 김고은의 〈도깨비〉를 볼 때도 그렇다. 드라마 속 인물이 되어 대사를 읊조리기도 하고 그들의 로맨스에 빠져들며 한 모금, 두 모금 적신다.

매번 같은 영상을 보지만 볼 때마다 느낌이 다르다. 눈에 담기지 않았던 장면이 들어오기도 하고, 그때그때 마음에 꽂히는 대사를 발견하기도 하고, 잠시 멈춰 주인공의 말을 적기도 한다. 어떤 날은 등장인물이 되어보기도 하고, 다른 결말을 상상하기도 한다.

전에는 이해되지 않던 상황과 대사들에 뒷북치기도 한다. 한 편의 영상을 보는 내내 손과 뇌는 활발한 협업을 한다.

언젠가 티브이에서, 가수 신승훈이 같은 영화를 수없이 본다고 하는 인터뷰를 본 적 있다. 그때는 이해할 수 없었던 말이, 이제야 와닿기 시작했다. 나이 들어 그런 건지, 친구가 필요한 건지, 외로움을 달래려고 그러는지 알 수 없지만, 술을 벗 삼아 드라마나 영화를 보는 특유의 즐거움이 있다.

혼자 마셨다고 하면 의외라는 반응을 보이는 이들도 있다. 외향적인 성향이 강한 ENFP라 항상 누군가와 함께 잔을 기울인다고 여기나 보다. 가끔은 내 안에 잠재된 I 성향을 꺼내고 싶은 날도 있다. 열심히 살았다고 자부하는 날, 피로가 쌓인 날, 그냥 마시고 싶은 날이 그렇다. 한참 육아에 전념했던 그때, 맥주 한 모금으로 하루의 피로를 풀었던 것처럼 때로는 혼자 있고 싶다.

오로지 나를 위한 안주를 준비하고 혼자 영화를 보고 내면의 나와 대화하며 어느 날은 멍하다가, 어떤 날은 웃고 울다가, 어느 순간 생각에 잠기는 혼술타임. 수다스럽고, 진지하고, 사색하며 나 자신과 데이트하는 시간도 좋다.

5.

오늘은 한 병만

이혜진

"그거 마시고 우리랑 또 먹을 거면서."
"아니거든~"

21년 가을부터 세 명의 언니는 우리 집에 많이 왔다. 남편이 원주로 발령 났고, 아이들과 같이 사는 나는 주말이 아니면 나갈 수 없다. 아이들 재우고 모인다. 밤 10시에. 7, 8, 9월보다 10, 11, 12월에는 더 자주 왔다. 이삿날이 다가올수록 주마다 모였기 때문이다.

시켜 먹고 포장해 먹는다. 가끔 술안주를 준비한다. 해준 음식중 가장 기억에 남는 건 동태탕이다. 남편은 가시를 발라내는 번

거로움 때문에 잘 먹지 않는다. 왠지 언니들은 좋아할 것만 같았다. 반찬가게에서 밑반찬을 사면서 밀키트를 구매했다. 먼저 맛을 봤다. 이건 그냥 소주 안주다. 오늘도 열 병 각.

때때로 내일 일이 있어서, 이번 주 피곤해서, 속이 아파서라는 이유로 소주 한 병만 마신다고 말하는 언니가 있다. 나도 처음에는 진짜 한 병만 마실 줄 알았다. 우리가 지금까지 만나며 열 병 이내에서 끝난 적이 없다. 헤어질 때 다들 아쉬워하며 인사하는데 이 모임에서 한 병만 마신다니. 오히려 안 마신다고 하는 것보다는 낫지 않을까 싶어 고마운 마음도 있었다. 우리도 마시지 말라는 이야기, 하지 않는다.

자리에 앉으면 한 잔. 몇 마디 나눈 것 같지 않은데 빈 초록 병이 금세 두 병이 된다. 웃는다고 기억나지 않지만 마시는 모든 순간이 재미있었다. 자기 자리에서 춤추기도 하고, 손뼉 치며 하하 웃는 턱에 광대뼈 주위가 얼얼하기도 하다. 특히 82년생 언니 둘, 영은 언니와 지연 언니를 보면 티브이 개그 프로그램보다도 재미있다. 내가 보기엔 둘이 똑같아 보이는데 매번 "내가 너보다 좀 낫다."라고 한다. 천천히 나눠 마시며 소주 한 병을 본인 앞에 두고 마신 지연 언니, 어느새 마지막 잔이다. 고개를 갸우뚱한다. 갈 시간을 정해 놓지는 않았으나 보통 새벽 1시는 기본이다. 말한 한 병은 비웠고, 아직 2시간은 더 남았다. 처음에는 같이 나눠 마시는 병을 들어 혼자 따르던 언니. 이후에는 우리가 잔을 채우려 하면 본인 잔도 살짝 기울인다. 이제 오늘은 한 병만 마신다는 말 들으면 사뿐하게 넘겨듣는다. 다음 날 물어본다. 오전에 해야 한다는 일은 했냐고, 속은 괜찮냐고. 어떤 날은 했기도 하고 어떤 날은 스케줄을 변경했다고 한다. 속은 멀쩡한데 자고 싶다는 답이 왔다. 아이들 오기 전까지 잔다는 글을 남긴 그녀는 자고 나니 또 카톡이 많이 쌓였다며 채팅방에 글을 남긴다.

술 마시는 이유는 많다. 생일, 승진과 같이 축하할 때, 사람들이나 일로 힘든 날에도 마신다. 애인과 헤어지면 또 사람들과의 관계를 맺고 유지하기 위해서도 술이 필요하다. 날이 덥거나 추워서, 여행을 갔으니 잔을 기울인다. 장시간 비행에서 잠 편하게 자기 위해서 술을 찾기도 한다. 술 마시는 사람에게 오늘 마셔야 하는 이유는 묻지 않는다. "술 한잔할까?"라는 말 한마디에 그냥 같이 마실 뿐이다.

술을 마시고 또 술을 사랑하는 사람 중 한 명이지만 마시라고 권하지 않는다. 입에도 갖다 대지 말라는 말도 안 한다. 내 몸이 괜찮다면 마시고 아니면 안 마시면 된다. 조심해야 할 점은 술을 마시는 방식과 적당량이다. 소주 한잔을 한 번에 다 마시는 사람도 있고, 나눠 마시는 사람도 있다. 한 종류로만 쭉 들이키기도 하고 두 가지 술을 섞어 마시기도 한다. 개개인의 취향이기 때문에 본인이 알아서 조절하면 된다. 이때까지 참여했던 술자리 중에는 지금도 피하는 모임이 있다. 게임을 해서 진 사람과 양옆의 사람이 술 마시는 게 규칙이었다. 오 분도 안 되었는데 소주 한 병 비웠다. 쉬지도 않고 1시간 쭉 했다. 가지런히 세운 술병이 얼마만큼인지 상상할 수 있을 것이다. 나의 속도와 상관없이 마시는 모임은 싫어한다. 이렇게 저렇게 마시라고 강요만 하지 않으면 좋겠다. 나는 내 방식대로 알아서 먹으니까.

또 하나 주의할 점, 적당량이다. 주량, 마시는 날 컨디션은 본인이 가장 잘 알고 있다. 그런 이유로 술자리에서 '나는 오늘 안 마실래, 이것만 마시고 끝!'이라고 말하는 사람이 진정 술 마실 줄 아는 사람이라고 생각한다. 마시다 보면 기분에, 분위기에 취해 따라갈 때가 있는데 그들은 조절할 수 있는 사람이다. 술 마시는 사람으로서 부럽기도 하다. 이런 모습은 배운다. 멋있어 보인다는 생각에서 그치는 것이 아니라 가끔은 자제하려 노력한다. 점차 우리 사회는 술 강요하는 문화가 줄어들고 있다. 내가 잔을 비웠으니 너도 다 마셔야 한다고 말하는 사람이 이제는 주변에 많지 않다. 이십 년 전에는 꺾어 마시는 건 예의가 아니라고 했는데 요즘은 장판 깔린 잔을 보여준다. 회식을 술이 아니라 문화생활로 대체하기도 한다. 긍정적이고 바람직하다. 안 마시는 것을 말하는 게 아니라 억지로 마시게 하는 문화에 대해 말하고 있다. 안 마시고 싶으면, 멈추고 싶으면 본인이 선택한다. 분위기에 휩쓸려 마신 뒷날은 본인이 책임지면 된다.

자제해야 하는 것은 술만이 아니다. 인생을 살면서 해야 하는 일은, 나를 수양하는 일이다. 어려운 일 중 하나다. 존경하고, 본받으려고 하고, 따라 하려는 사람을 보면 자기 통제가 우선이었다. 이를 아는 데 오랜 시간이 걸렸다. 들어봤어도 내 삶에 적용하기까지 많은 시간을 보냈다. 누가 가르쳐 주지도 또 꾸준하게 동기 부여가 되도록 도와주지도 않지 않은가. 혼자서 결단하고, 행동하고, 꾸준히 하기가 쉽지 않다. 글쓰기 수업을 들으며 다르게 살고 싶은 마음이 들었다. 쓰고 있던 다이어리를 좀 더 적극적으로 활용해 보기로 했다. 다이어리에 기록하고 적은 내용처럼 되지 않을 때는 강의를 들으며 마음을 잡는다. 점차 과정에 뿌듯함을 느끼고 하루를 쌓고 있다.

술을 알아서 조절할 수 있다고 내 인생까지 관리할 수 있는 건
아니다. 인생은 인생대로, 술은 술대로 조절하며 살아간다. 다른
사람들과 술 마실 때 덜 마시고, 마시는 횟수를 줄였다. 하루를 충
실히 보낸다. 이상하게도 '이조합 꿀조합'을 만나면 고삐가 풀린
다. 그래! 이러려고 관리하고 통제한 거지. 할 일도 다 했다. 한잔
하고 싶은 밤이다.

6.

술 창고의
채움과 비움

이혜진

    금주. 생각해 본 적이 없다. 임신과 모유 먹일 때 안 마시긴 했지만 다시 마실 거라는 건 알고 있었다. 그날을 기다리며 버티기도 했다. 다행히, 지금까지 나에게 술 마시지 말라고 이야기한 사람은 없었다. 부모님도 술 마시고, 남편도 음주를 좋아한다. 건강 검진 받으면 술을 줄이라는 말은 듣지만 절대 안 된다는 말은 듣지 않았다.

    그렇다고 매일, 허구한 날 마시는 건 아니다. 진정 술 좋아하는 사람은 마실 때와 아닐 때를 알지 않을까. 술 좀 한다는 이야기를 들을 때가 있다. 생긴 걸 봐서는 못 마실 것 같은데 의외로 잘한다는 뜻이다. 술 그 자체도 좋아하는데 술을 곁들여 같이 노는 분위기가 좋다. 더불어 많이 마신다는 게 잘 마신다는 걸 의미하지 않는다는 사실은 술 마시면서 배우게 된다. 내 몸 상태, 다음 날 일정, 그날의 분위기 등을 봐가며 마시고 있다.

대학생 때, 시험 기간이 되면 술집이 여유롭다. 공부하기 전까지 2차, 3차 가며 마시고 놀다가 시험 일주일 앞두고 먼저 술 마시자는 말을 꺼내는 친구가 드물다. 시험 끝나면 다시 모여 그동안 못 마신 술을 마신다. 일할 때도 그랬다. 회계 감사 자료를 준비하는 동안에는 거의 마시지 않는다. 감사가 시작되면 한잔, 끝나면 또 우리끼리 한잔. 감사 끝나고 갖는 회식 다음 날은 자리를 오래 비워도 이해했다.

엄마가 되고 나서는 특히 퇴사하고 난 이후에는 무엇을 마쳐서 술을 한다는 개념이 아니다. 그냥 마신다. 나보다 육아 선배인 친구가 있다. 그녀는 집에 있는 주말에는 오후 3시가 되면 맥주 한 캔을 따야 한다고 했다. 그래야 남은 하루를 버틸 수 있다고. 엄마, 특별히 안 마실 이유도 없지만 또 마실 명분이 없기도 하다. 이유 없이 그냥, 버티려고, 다시 힘을 내보려고, 내 신세 한탄한다고 마시던 내가 안 먹던 때가 있었다.

작년 4월에서 6월까지였다. 개인 저서 초고 집필하던 기간이다.

열흘에 하루 정도 마셨던 걸로 기억한다. 나는 이렇게 보냈다고 간직하고 있으나 남편의 기억도 나와 같은지 모르겠다. 다행이었던 건 남편이 평일 대부분 약속이 있었다는 것이다. 같이 술 마실 사람이 없어서 안 마시기도 했고, 초고 쓴다고 의도적으로 안 마시려고 노력한 날이다. 그렇다. 술 좋아하는 사람은 안 마시려면 애를 써야 한다. 우리 부부는 한두 잔 기울이다 보면 금세 세 병이 된다. 매일 글 한 편씩 쓰자고 다짐했다. 과하게 마시면 다음 날 글을 쓰는 데 지장이 있다. 술 마시고 싶은 날에는 다음 날 쓸 글 내용 메모하고, 구성도 짜 놓는다. 머리가 뜨겁고 깨질 것 같아도 자판만 치면 될 정도로 준비해 놓고 마신다. 많이 마시지는 않았으나 혹시나 하루 빼먹을까 봐 준비해 놓았다는 말이다. 다음 날 일어나면, 미리 써놓은 글과 방향이 달라지긴 했으나 그땐 그렇게 마셨다. 몸이 안 좋아서, 건강검진 예약되어 있으니까, 어제 많이 먹어서라는 이유가 아니라 내 의지로 술을 조절했다.

집에 술이 없어서 안 마시지는 않는다. 집 앞 마트, 편의점에 가면 살 수 있다. 내 의지로 안 마시는 날은 있어도 '술 창고'를 비우는 날은 없다. 한 가지만 있지도 않다. 늘 다양한 술이 있다.

소주와 맥주는 기본이다. 기본이나 없는 날도 있다. 마시고 채워 넣지 않은 경우다. 집 앞 편의점에서 사 오면 된다. 맥주 없는 날, 거의 없다. 군인인 오빠가 한 번씩 우리 마시라고 준다. 마흔여덟 캔이다. 중간에 다른 맥주를 사 먹기도 하고 다 마셔갈 때쯤 오빠를 만나니 맥주가 없는 날은 거의 없다.

와인은 최소 한 병은 갖고 있다. 냉장고에 눕혀 놓는다. 잘 마시지 않지만 가볍게 마시고 싶을 때 선택한다. 우리 부부는 한두 잔만 마시자며 시작한다. 결국 또 바닥을 보게 된다. 와인 좋아하는 지인이 놀러 올 수도 있으니 미리 한 병 사놓는다.

보관하는 술 중 속상할 때가 있다. 바로 막걸리와 동동주를 다 먹었을 때다. 발효되면 톡 쏘는 맛이 올라온다. 탄산보다는 부드럽게 넘어가는 게 좋다. 소주와 맥주는 차가워야 술술 넘어가고 막걸리와 동동주는 부드러워야 쭉쭉 들이킬 수 있다. 개인적으로 당일 제조한 술, 늦어도 삼일 이내로 마시는 게 가장 맛있다는 주의다. 다른 술과 다르게 맛이 변하니 오래 보관할 수 없어 아쉽다. 좋아하니까 자주 마시려면 그만큼 내가 부지런해야 한다. 대구에 있을 때는 '가천 생 동동주'를 사 마셨다. 경북 성주에 가천 양조장이 있어 성주에서는 쉽게 구매할 수 있다. 대구에서는 몇 군데에서만 판매했다. 집에서 가까운 마트를 두고 10분 운전해 간다. 마트에서 장 보고, 동동주도 산다. 원주에 있는 지금, 또 맛있는 막걸리를 찾았다. '홍천 잣 막걸리'이다. 비린 맛이 나지 않으면서 고소하다. 끝 맛에는 잣 향이 올라오는데 목 넘김이 부드럽다. 지금까지는 원주 내 마트에서 판매하는 곳을 보지 못했다. 남편이 가끔 가는 식당에서 막걸리를 판매한다고 해서 이사 온 후 두 달 만에 맛보았다. 그날부터 홍천 잣 막걸리를 생각하면 입가에 미소가 지어지고 남편이 사 온다고 하면 두 손 모아 빨리 오라고 기도하게 된다.

양주는 상대적으로 보관이 편하다. 소주나 맥주는 실온 보관도 가능하나 차갑지 않으면 바로 마실 수 없다. 반면 양주는 실온 보관이 가능하고, 원액 그대로 또는 희석해서 마시면 된다. 주로 오랜만에 집에 놀러 온 가족이나 친구와 함께 마셨다. 위스키 모임을 나가고 있는 남편의 친구가 각기 다른 술 여섯 병을 가지고 온 적이 있다. 우리 부부는 와인과 마찬가지로 병뚜껑을 따면 다 마셔야 한다고 생각했다. 도수가 높아서 희석해서 마시는 걸로 알고 있었는데 조금만 따라서 원액 그대로 마실 때 향과 맛이 더 좋았다. 다음 날 마시니 향이 달랐다. 그날 기분과 몸 상태에 따라 맛취향도 바뀌었다. 그 이후, 우리는 양주를 한 잔씩 마시기도 한다. 원액으로 한 모금 넘기고 자기도 하고, 희석해서도 먹는다. 다음 날 머리 아프지 않고, 속 쓰리지 않다. 뒷날이 깔끔해서 선호한다.

지금도 양주 보관 창고에는 다섯 병이 있다.

없으면 불안해서 미리 사놓고 채워 넣는 건 아니다. 소주, 맥주, 막걸리를 제외하고 우리가 마시기 위해서 사들이지 않는다. 지인이 주면 넣어뒀을 뿐이고 안 꺼내 먹다 보니 양주, 전통주, 와인, 과실주 등이 있다. 이런 술, 집에 놀러 오는 손님을 위해 꺼낸다. 술 낼 때 얼마짜리인지 생각하지 않는다. 우리 집에 오는 분에게 좋은 안주와 술로 대접하면 기분이 좋다. 우리가 그들을 좋아하고 소중하게 여긴다는 마음이 전해지면 그게 우리 부부의 행복이다.

우리는 어떤 일로 감동할까? 비싼 물건 선물 받아서, 귀한 음식 나눠줘서, 소중한 물품 간직할 수 있어서일까? 물론 고마운 이유도 있겠지만 타인이 나를 위해 위해주고 애써주고 생각해 주는 마음에 눈물을 살짝 글썽이지 않을까. 우리 부부에게는 술이 그렇다.

술은 비워야 제맛이다. 오늘도 한잔, 옆 사람과 잔을 부딪치며 비운다. 또 채운다.

인생은 채우면 행복이다. 빈 병을 치우고 술이 가득 들어있는 병을 사 온다. 또 비운다.

비워내야 담을 수 있고 차야 비울 수 있다. 술과 인생처럼.

7.

동상이몽

성연경

결혼 3년 차에 아이를 가졌다. 남편이 부탁이 있다며 이야기를 꺼냈다. 맞벌이 부모님의 슬하에 자라 학교를 마치고 집에 왔을 때 엄마의 빈자리가 서운했던 남편에게 자신의 가정은 늘 엄마가 아이와 함께했으면 하는 바람이 컸다. 아이들이 일과를 마치고 집에 왔을 때 엄마가 집에 있기를, 지역을 이동해야 하는 볼일이 있거나 여행을 갈 땐 가족이 함께하기를 바랐다. 아이에게 엄마의 부재를 느끼게 하고 싶지 않다고 했다. 그래서 출산을 한 뒤 육아에 전념해 주기를 바랐다.

아이를 가지기 전까지 자유분방하게 살았다. 회사를 마치면 다양한 취미활동을 즐기며 배움의 욕구를 채웠다. 술자리를 좋아해 회사 동료들과 회식 외에도 여러 모임에 참여했다. 술이 좋아 마신다기보다 함께 하는 사람들과의 관계가 좋았고 술자리가 즐거웠다.

출산하고 육아에 전념하면서 24시간 아이와 함께 지냈다. 혼자 외출하거나 취미활동, 모임 참여는 불가능했다. 간혹 약속이 생기면 아이와 동행했다. 자영업을 하는 남편은 늘 퇴근이 늦고, 같이 사는 시아버지께 갓난아이를 맡기는 것은 생각도 하지 않았다. 놀러 나가자고 친정에 맡길 당당함도 없었다. 사람들을 만나고 여가를 즐기는 생활이 그리웠지만, 상황이 어쩔 수 없다며 합리화했다. '육아하는 엄마들은 다들 이렇게 살겠지.' 하며 스스로 위로했다. 어느 날 아이의 친구 엄마들, 출산을 먼저 한 친구들의 SNS에서 '자유부인', '자부타임'을 보았다. 육아에서 벗어나 혼자 외출해 자유시간을 누리는 것이다. 그중에서도 친구들과 술자리를 가지며 육아 스트레스를 푼다는 이야기가 나를 자극했다. '즐거웠겠다.', '부러워요.' 댓글을 달면 다음에 같이 만나자며 답이 온다. 인사치레인 줄 알면서도 기대 반 걱정 반이다. '나갈 수 있을까. 언제쯤 모임에 참석할 수 있을까. 아니야 애들 두고 어떻게 나가겠어.'

이런 생각들이 머릿속을 맴돈다.

퇴근한 남편에게 몇 차례 투정을 섞어 '누구누구는 저녁에 모였더라. 나는 갈 수가 없었다.'라며 넋두리했다. 돌아오는 대답은 현실적으로 불가능하다는 것이었다. 무엇보다 퇴근이 늦어 그 시간에는 모임 참석이 힘들 것이며, 아이들이 엄마와 떨어지지 않으려 한다는 것이다. 틀린 말은 아니었다. 남편이 퇴근하면 늦은 밤이고, 잠자리에 엄마가 없는 것은 아이들에게 상상도 못 할 일이었다. 남편 최선의 배려가 '애들 좀 더 크면 나가.'였다.

아서라. 애들은 크고 나는 늙고, 인맥은 사라지고 없다.

포기하지 않고 계속해서 남편에게 어필했다. 육아 스트레스로 인한 우울증의 위험성을 알려주고, 엄마가 행복해야 아이도 행복하며, 공동육아는 못 하더라도 아빠의 참여 육아가 얼마나 중요한지 이야기했다. 남편은 가능하지 않은 상황에 반복되는 이야기를 받아주기 힘들어했고, 나는 해결책을 함께 모색해 주지 않는 남편이 서운했다. 서로 감정의 골만 깊어졌다.

어느 날 남편이 친구들 모임을 다녀오더니 제안했다. 꼭 참석하고 싶은 모임이나 약속이 있을 때 미리 이야기하면 시간을 맞춰 퇴근해 아이들을 돌보겠다. 다만, 회사에 지장을 줄 만큼 자주는 불가하며 너무 늦은 귀가는 안 된다는 것이었다. 속으로 '내가 백 번 이야기할 때는 귓등으로도 안 듣더니 친구들 만나 이런저런 이야기를 들었나 보네.'라며 생각했지만, 이러면 어떻고 저러면 어떠리. 남편이 변화가 필요하다는 것을 느꼈고 개선할 의지를 보였다는 것이 중요한 게 아니겠는가.

거절하지 않았다. 뱉은 말을 주워 담을라, 찰떡같은 약속을 받았다. 이제 나갈 일만 남았다. 누구를 먼저 만나볼까. 어떤 모임을 가져볼까. 어디서 뭘 먹을까. 생각만으로도 웃음이 나고 기분이 좋아졌다.

그런데 멍석 깔아주면 못 한다고 딱 그 짝이었다. 육아라고는 해보지 않은 남편에게 아이들을 맡기는 것이 미덥지 못해 막상 나가기가 쉽지 않았다. 저녁은 어떻게 할지, 잠 못 드는 아이들을 두고 남편 혼자 먼저 잠들면 어쩌지. 쓸데없는 걱정까지 하기 시작했다. 게다가 육아에 매었던 시간이 길다 보니 어디서 어떻게 놀아야 할지 엄두가 나지 않은 것도 사실이었다.

남편이 약 올리기 시작했다. '그렇게 나가고 싶다더니 시간을 내어준다고 하는데도 안 나가니. 안 가는 게 아니라 갈 데가 없는 거 아니냐. 친구들도 다들 애 키울 나이라 저녁 시간에 나올 수 있는 사람이 몇이나 되겠니. 이것이 현실이다. 집에서 반주로 마시며 기분 내자. 애들 좀 더 클 때까지 조바심 내지 말고 마음을 비워라.'

약이 올라 다짐했다. 아이들이 엄마와 있는 것보다 수월하지는 않겠지만, 남도 아닌 아빠와 있는데 걱정할 필요가 없다. 자기 자식 굶기고 울리기야 하겠어? 남편의 육아를 응원하며 믿기로 했다. 믿어줘야 남편도 자신감을 가지고 적극적으로 아빠 육아를 할 수 있을 것 같았다. 없는 약속이라도 만들어 남편에게 '독박육아'를 경험할 기회를 줘야겠다고 생각했다.

오랜 친구들과의 모임이 다가왔다. 애들 데리고 함께 하는 모임이라 늘 장소가 문제였다. 개별 방이 있는 식당이나 층간소음 걱정 없는 친구 집에서 모이곤 했다.

그러나, 그날만큼은 장소 걱정을 할 필요가 없었다. 단톡방에 글을 올렸다.

"앗싸! 오늘은 혼자 나간다! 좋은 곳으로 가자!"

남편은 애틋하고 나는 신나는 인사를 나눈 후 현관을 나섰다. 그날의 쾌감을 잊을 수 없다.

8.

지금 만나러 갑니다

성연경

"여보세요. 왜~?"

"언니~ 8시에 깡이네요!"

"어? 뭐라고?"

"8시 깡이네! 응? 응?"

"어, 알았어."

남편이 갑자기 이른 귀가를 했다. 특별한 이유는 없었다. 어쩌다 보니 일찍 마쳤다. 기회라고 생각했다. 남편을 은근히 떠본다.

"그럼 나 좀 나갔다 와도 될까?"

"어디?"

"언니들이랑 간단하게 한잔만 하고 올게."

"약속된 거야?"

"아니, 지금 약속 잡으면 되지."

"지금? 갑자기? 다들 안 된다고 할걸?"

"아닐걸. 바로 나올걸? 내기할래? 5만 원? 전화해서 언니들이 알았다고 하면 나 나간다."

"그래. 대신 구구절절 설명하기 없기다. 제안해서 거절하면 내가 이기는 거야."

"콜!"

어떤 자신감이었을까. 무작정 전화를 걸었다. 사전에 짠 각본은 없었다. 전화를 받자마자 앞뒤 설명도 없이 시간과 장소를 이야기했다. 바로 긍정의 대답을 들었다. 전화를 끊고 다른 번호로 전화를 건다. 똑같은 레퍼토리다. 흔쾌히 알겠다는 이야기를 듣고 전화를 끊는다. 눈을 동그랗게 뜨고 어이가 없다는 듯 쳐다보는 남편 앞에서 배꼽이 빠지게 웃었다.

"거봐. 다 나온다고 했지?"

"너희 미리 짰니?"

"그럴 리가. 나 나간다."

집 앞 외출이지만 최소한의 예의를 갖추고, 남편에게 받은 5만 원을 흔들며 문을 나섰다.

약속 장소에 도착했다. 장난기 가득한 얼굴로 들어서는 나를 보며 어찌 된 영문이냐는 표정으로 바라본다. 남편의 이른 귀가로 생긴 기회를 놓치지 않은 나의 순발력을 영웅담 늘어놓듯 으스댄다. 갑작스러운 전화에 앞뒤 따지지도 않고 냉큼 달려 나오냐며 고마움을 핀잔으로 대신한다. 당황스러웠지만 거절하고 싶지 않은 제안이라 덥석 물었다며 웃음이 끊이지 않는 이야기꽃을 피우며 우리의 시간이 시작되었다. 주어진 시간이 길지 않았기에 쉴 새 없이 떠들고, 쉬지 않고 마셨다. 알람을 꺼두지 않으면 다른 일에 집중 못 할 정도로 단톡방에서 시시콜콜한 이야기를 나누면서도 만나면 할 말이 그렇게나 많다. 못다 한 말이 억울할까 봐 각자 이야기하기가 바쁘다. 간단하게 인당 한 병씩만 깔끔하게 마시고 헤어지자고 한 말은 허공에서 사라지고 어느새 빈 술병이 줄을 섰다. 영업시간이 종료되었다는 안내를 듣고서야 아쉬운 표정을 지으며 자리에서 일어선다. 돌이켜보면 코로나로 인해 영업시간 제한이 있어 얼마나 다행이었나 싶다.

짧은 시간이지만 일탈을 반겨주는 그녀들은 나의 보증수표다. 이른 시간의 외출이 수월하지 않다는 것을 알고 언제든 나의 자부타임을 격하게 반겨준다. 어쩌다 생기는 밤 외출의 기회를 놓치지 않게 해주려 갑작스러운 제안에도 흔쾌히 응해준다. 남편에게도 그녀들은 보증수표다. 사람 좋아하고 술을 즐겼는데 아이를 낳고 육아하며 수년간 밤 외출은 꿈도 꾸지 못했다. 어렵게 가지게 된 여유시간에 마음 맞고 술잔이 맞는 언니들이 생겼다며 나가는 모습이 처음에는 물가에 내놓은 아이를 보듯 불안했다고 한다. 그런데 돌아올 때 모습을 보며 마음을 조금씩 놓았다고. 그녀들을 만나고 돌아오는 모습을 보면 언제나 표정이 즐겁고 행복해 보였다고 했다. 기분 좋은 시간을 보냈다는 것이 온몸에 나타난다.

이런 만남과 약속을 이어갈 수 있는 것은 '적당히'를 지키고 있기 때문인 것 같다. 과하지 않고 그렇다고 부족하지는 않은 적당한 균형을 유지한다는 것. 서로에게 과하게 요구하지 않고, 과하게 만나지 않고, 과한 듯 과하지 않게 마신다. 무엇보다 서로를 배려함에 부족함이 없고, 자기관리에 소홀하지 않은 적당함이 우리의 만남을 유지하게 했다. 흥이 넘치지만, 선을 넘지 않고 사람에게 취하고 서로를 위한다. 좋은 술자리는 마무리까지 아름다워야 한다는 생각도 같다. 자리를 파할 때도 엄청 깔끔하다. 그래서 우리의 만남은 언제나 유쾌하다.

4장

살아온 날들,
살아갈 날들

1.

음주의 기쁨과 슬픔

이영은

'이조합 꿀조합' 오늘도 뭉쳤다.

매번 비슷한 건수의 모임과 잦은 만남으로 가족들에게 눈치가 보일 무렵.

술자리에서 돌이키지 못할 일을 저지르고 말았다.

"술만 먹지 말고 우리 술 먹는 이야기를 책으로 써보자."

엄마들이 공부하다 만난 사이이다. 서로 존대하며 선생님이라 호칭하다가 운명 같은 한 번의 술자리로 이 조합이 결성되었다. '이조합 꿀조합'이라는 연경이의 멋진 네이밍은 여러 가지 의미를 지닌다. 함께 글을 쓸 땐 '이조합 글조합', 각자의 꿈을 꾸고 성장

할 때는 '이조합 꿈조합'. 이름에 갖다 붙일 게 많을 정도로 우리는 공통점이 많았다. 그중에서도 가장 어울리는 이름이 바로 '이조합 술조합'이 아닐까 싶다. 이렇게 술친구가 된 우리는 일주일이 멀다고 함께하는 술자리의 시간을 탐했다. 주로 우리 동네에서 만나기도 하고 혜진이가 강원도에 이사 가기 전에는 혜진이 집에서 자주 모여 잔을 기울이곤 했다. 혜진이가 강원도에 가니 네 명이 뭉칠 기회가 적어져 아쉬울 무렵, 술자리에서 번뜩하고 난 생각을 술기운에 말해버렸다. 우리가 함께 책을 쓰면 더 자주 모일 수 있을 것 같았다. 자주 모인다는 건 함께 하는 술자리로 이어질 수 있다는 의미도 된다.

처음 몇 번은 들은 체 만 체했다. 좋다고 이야기 몇 번만 할 뿐 그때뿐이었다. 내심 밋밋한 반응에 글쓰기를 미루고 있던 마음 한편이 놓이기도 했다. 라이팅 코치를 시작한 지연이와 혜진이가 꾸준하게 글을 쓰는 모습이 보기 좋았다. 두 번째 저서를 내고 꾸준히 글을 쓰지 못하는 나태함을 반성하며 자극이 되기도 했다.
'대학원 졸업하면 써야지.'
'매장 일이 바쁘니까 안정되면 써야지.'
하는 핑계만 대고 있었다. 글을 쓰는 일은 힘든 작업이다. 힘든 만큼 가치가 있음을 이미 맛보았지만, 다시 시작하는 것이 쉽지 않았다. 늘 생각만 하던 마음속 다짐이 술기운을 타고 불쑥 올라왔다.

얼마 후 다시 모인 날, 알코올이 내 몸을 타고 취기가 올라 기분이 한층 업그레이드되자 또 발동이 걸렸다.

"얘들아, 우리 이렇게 재미있고 건설적으로 술을 즐기는데, 그냥 흘려보내기엔 너무 아깝지 않니? 우리 술자리 횟수로만 해도 책 몇 권은 되는데 책 한번 써보자. 응?"

또 시작이라는 반응과 함께 눈을 반짝이는 친구들도 있었다.

"우리 신선한 건수 만들어 보자. 목차 짜고 한 잔, 초고 쓰고 한 잔, 계약서 쓴 날 한 잔, 출간한 날 한 잔, 캬~ 술맛 절로 날 것 같지 않니?"

역시 술 건수를 연관 지어 이야기하니 눈빛이 달라져 갔다. 눈을 반짝이던 지연이가 먼저 걸려들었다.

"역시나 술로 이어지는구나. 근데 재미있긴 하겠다."

라는 말이 나오자마자 이때다 싶어 덥석 물었다.

"해보자! 못해도 혹여나 안 돼도 우리 추억이 남잖아. 우리 글 쓰는 거 시작부터 해서 마무리까지 나중에 우리 안줏거리만 해도 얼마나 재미있겠냐."

술기운에 추진력이 강해져 버렸다.

다음날, 맨 정신으로는 실행력이 약해짐을 느꼈지만 때는 늦었다. 네 명의 단톡방에 꼭지 제목들이 속속들이 올라왔다. 기다렸다는 듯이 단톡방에 올라오는 꼭지 제목을 볼 때마다 육성이 터졌다. 역시나 모든 이야기의 끝은 '기승전술'이었지만 우리의 마음에 이미 책은 출간되었고 참신한 만남의 건수들만 남아 있었다. 함께 이야기하다 보니 새로운 도전과 글을 써야 한다는 무게감이 깃털처럼 가벼워졌다.

함께 꿈을 꾸고 목표를 이뤄갈 수 있는 친구가 있다는 건 행운이다. 함께하는 도전과 성장을 글로 남기고 싶었다. 우리의 이야기를 다른 이에게도 당당하게 말하고 싶었다. 어쩌면 우리 술 모임의 정당화를 말하고 싶은 흑심도 조금 있었는지도 모르겠다. 비록 이 책의 시작이 술자리에서 시작이 되었지만, 마지막은 우리들의 성장으로 마무리 지어지길 바라본다. 더불어 우리에게 다른 일도 도전할 수 있는 용기가 생기는 뜻깊은 경험이 되길 바라본다.

나의 용기는 술기운과 함께 올라간다. 그 패기에 신나서 이미

이룬 것처럼 즐길 때 음주의 기쁨은 최고조에 달한다. 하지만 그 일을 감당할 때의 책임과 몫은 음주의 슬픔이 될 수도 있다. 집필하는 지금 음주의 슬픔을 처절하게 느끼고 있다. 이 슬픔이 끝이 아니라는 것도 안다. 음주의 슬픔이 다시 기쁨이 되는 과정에서 내가 성장 할 수 있다는 것도 안다. 더욱이 혼자가 아니라 함께 할 때 그 기쁨은 배가 되리라 믿는다. 혼자서 하는 성장도 뜻깊지만, 함께 커나가는 기쁨은 스펙트럼이 넓다.

　술을 마시는 기쁨. 알록달록 꿈을 나누고 응원하고 격려하는 자리.
　술을 마시는 슬픔. 다시 기쁨으로 바뀌길 기대하며 다짐하며 행동해 나가는 과정.
　술잔이 아니라 기쁨과 슬픔을 마시는 자리.
　좋은 이들과 함께 나누는 행복을 한잔 술에 담아 본다.

2.

더 눈빛해서
마셔볼게요

이영은

"챙겨왔니?"

"그럼~ 여기~"

그녀는 자랑스레 내밀며 비장하게 우리에게 하나씩 나누어 준다.

"역시~! 자자. 이것도 짠! 해야지."

숙취 해소제를 마치 비법 약이라도 되는 듯 삼키며 흡족해한다.

왕년에 술을 어디까지 마셨는지 주량이 어떠니 하는 이야기는 이제 우리의 관심사가 아니다. 음주 전후 숙취 해소에 좋은 음식을 무엇을 얼마나 챙겨 먹었는지 자랑할 나이이다. 식당 안주로 계란찜이 나오면 위장 벽을 보호해야 하니 듬뿍 먹어두기도 한다. 가령 콩나물국이 나오면 아스파라긴 흡수를 위해 보충하기 바쁘다. 집 정리하다 아이들 초콜릿을 발견하면 가방에 넣어 두었다가 음주 중간 중간에 나눠 먹곤 한다. 우리가 자주 가는 '해녀의 꿈'에는 우리만의 헛개수차가 있다. 홍삼을 챙겨 먹는가 하면 음주 중에도 숙취 해소에 뭐가 좋은지에 대해 서로 열변을 토한다. 이제까지 읽어 내려갔다면 이런 생각이 들 것이다.

'술을 좀 적게 마실 생각을 해라!'

이상하게 적게 마실 방법은 잘 떠오르지 않는다.

예전 제법 유명한 중견배우 아저씨가 텔레비전에 나와서 운동을 꾸준히 그리고 열심히 하는 비결이 무엇인지 이야기했다. 배우의 대답을 듣고 나보다 연배가 훨씬 높지만 송구하게도 철없다는 생각과 더불어 이해를 할 수 없었다. 술을 마시기 위해 건강을 유지한다는 것이었다. 건강해야 술도 오래 마실 수 있다며 꾸준한 자기관리의 비결을 당당하게 말했다. 이제는 배우의 심정을 백번 이해한다. 이십 년이 흐른 지금 나와 다를 바가 뭐가 있겠나 싶다. 오히려 그때 그 배우가 어쩌면 지금의 나보다 나을 수 있겠다 싶었다. 매일 운동하며 건강을 유지하는 것이 얼마나 힘든 일이던

가. 몸을 축내면서 음주를 하는 것이 아니라 내 몸을 생각하며 음주를 즐기는 삶. 현명하도다.

건강한 음주 생활을 위해 매일 운동은 못 하지만 나름 나만의 루틴이 있다.

술 약속이 있는 날로부터 적어도 이삼일 동안은 금주 혹은 절제를 한다. 그날 맛있게 그리고 건강하게 마시기 위해서이다. 누군가에게 이 이야기를 하니 그건 당연한 거 아니냐 되묻는 말에 할 말을 잃은 적이 있다.

다음은 빈속에 음주하지 않으려는 것이다. 간단하게 뭐라도 챙겨 먹기도 하고 안주를 먼저 많이 먹기도 한다.

함께 마시면 좋다는 콤부차를 챙겨가기도 하고 음주 도중에 헛개수차를 마시기도 한다. 소주를 마실 땐 소주 한 잔에 물 한 컵을 마시기도 한다. 물론 화장실 갈 일이 잦아지지만 그래도 건강을 위해선 화장실 더 가는 거쯤이야 충분히 감수할 수 있다. 되도록 폭탄주는 마시지 않으려 하며 한 종목으로 시작하고 끝내려 한다.

이 이야기를 책에 쓸 만큼 진지한 일인가 싶기도 하겠지만 인생에도 본인만의 철학이 있듯이 나의 음주 철학이라 생각해 주면 좋겠다.

또 술자리에서 많이 웃으려 한다. 이 조합을(이 책의 저자들) 만나고 숙취가 없는 이유 중 하나는 바로 끊임없는 웃음이었다. 신나게 떠들고 시원하게 웃을 때면 알코올 성분과 스트레스가 함께 팡팡 터져 분해되는 느낌이다.

물론 매일 챙겨 먹는 영양제도 빠질 수 없다. 마흔 전에는 영양제의 필요와 효능을 크게 느끼지 못했다. 이제는 안다. 어른들이 왜 그렇게 영양제를 챙겨 먹는지. 사우나에서 몸에 좋다는 음식이나 영양제에 귀가 쫑긋해지기도 한다. 이럴 때 내가 나이가 들었다는 생각이 들기도 한다. 간에 좋은 영양제(SAT), 비타민, 마그네슘, 유산균, 오메가3는 꼭 챙겨 먹으려 한다. 뭐 꼭 음주를 즐기기 위해서라기보단 겸사겸사.

마지막으로 음주 후 자기 전에 행하는 것이 있다. 아무리 귀찮아도 얼굴을 깨끗이 씻고 마스크 팩을 붙인다. 합리적인 가격과 대용량의 데일리 마스크 팩이 떨어지기 전에 쟁여놓는다. 냉장고에 두었다가 꺼내서 붙이면 시원하고 좋지만, 너무 큰 온도 차는 오히려 피부에 좋지 않다고 해서 화장대에 보관해둔다. 굳이 냉장고에 넣지 않아도 이미 얼굴이 달아오른 상태라 상온에 둔 마스크 팩에서도 시원함을 느낄 수 있다. 여기서 중요한 것 한 가지는 간혹 마스크 팩을 붙인 상태로 잠이 드는 경우가 있는데 피부를 더

건조하게 하기에 꼭! 10분에서 15분 후 팩을 떼고 잔다. 간혹 많이 마신 날 어떻게 잠들었는지는 기억 못 해 불안하다가도 베개 옆에 말라 널브러진 마스크 팩 시트를 보면 안심이 된다.

이런 습관들은 나이가 들수록 하나씩 더 늘어갈 것 같다. 술을 사랑하기 전 내 몸을 생각하며 건강하게 오랫동안 좋은 자리를 즐기고 싶다.

나이가 들어도 건강하고 즐거운 만남을 가지고 싶다.

나이가 들어도 이들과 천진난만함을 유지하고 싶다.

나이가 들어도 좋은사람들과 함께 꿈을 이야기하고 나누고 싶다.

사랑하는 이들과 한잔 나누면서.

3.

글로 만난 사이가
맞습니다만

박지연

2년 전 어느 날 저녁. 뒷정리를 끝낼 즈음 연경이에게서 전화가
왔다.

"여보세요?"

"언니, 이따 8시. 돼요. 안 돼요?"

"어? 어… 되지, 되지."

앞치마를 벗었다. 두뇌 회로가 꼬인다. 뭐부터 해야 하지. 시간
맞춰 도착하려면 5분 뒤에는 나가야 하는데, 어디서 만나기로 했
지. 다시 벨이 울린다.

"으하하. 진짜 웃긴다. 내가 왜 부르는지, 어디로 오라고 말도
안 했는데. 더 웃긴 건 뭔지 알아요? 영은 언니랑 혜진이도 같은

반응이었다는 거예요."

"뭐야, 장난친 거야?"

"아니, 신랑한테 언니들은 내가 부르면 언제든 나온다니까 안 믿더라고요. 그래서 5만 원 내기했는데 완승했잖아. 이걸로 우리 맛있는 거 먹어요. 처음 만났던 막창집으로 와요."

귀신에 홀린 건가. 연경이한테 홀린 건가. 남편과 아이들의 시선이 나의 동선을 따라 움직인다. 무슨 상황이냐는 질문에 우물거리며 답한다. 허공을 떠도는 코웃음 대답에 머쓱하긴 하지만, 마음은 이미 택시 안이다. 코로나 시국이라 10시까지밖에 놀 수 없으니 촌각을 다퉈야 한다. 유쾌하지 않은 남편의 표정을 뒤로하고 콜택시를 불렀다.

우리의 만남은 이처럼 뜬금없는 날이 많다. 비가 오면 비가 와서, 눈이 오면 눈이 와서, 더우면 더워서, 추우면 추워서 등 반박하지 않는 자연을 핑계 삼기도 한다. 2시간 정도만 놀고 오면 다행이지만, 그런 날은 일 년에 한 번 있을까 말까다. 사장님이 퇴근할 때까지 버티다가 나오지만, 이제 막 시동 걸린 술기운을 멈추려니 아쉽다. 집으로 가야 하는 걸 아는데, 뇌의 신호가 발끝까지는 전달되지 못하나 보다. 열 걸음 앞에 있는 편의점으로 간다.

"거기는 또 왜? 오늘은 우리 집 진짜 안 된다. 청소도 안 했고, 엉망이라니까."

이렇게 말하던 영은이는 칭따오 맥주 4캔을 안으며 언행 불일치를 이행하고, 연경이와 나도 흩어진다. 술 마실 때만 일심동체가 되는 우리는 오징어 땅콩, 새우깡, 콘칩, 육포, 컵라면, 여러 캔의 맥주와 소주병을 20리터 종량제 봉투에 가득 담아 매장을 나선다. 손바닥에 진한 손금을 남길 만큼 무거워 양쪽에서 손잡이를 잡고 나란히 걸으며 대각선 너머에 보이는 영은이 집 베란다를 쳐다본다.

10시가 지난 걸 아는 건지, 우리의 아쉬움을 눈치 챈 건지, 수면 시간이 된 건지 모르지만, 우리가 바라보는 절묘한 타이밍에 맞춰 거실의 불이 꺼진다. 아이들 잠을 방해하면 안 되는데, 가면 안 되는데, 발길은 엘리베이터 앞이다. 조용히 들어가서, 속닥속닥 모드로 주방에 모인다. 편의점에서 사 온 주전부리와 맥주를 꺼내고 라면을 끓인다. 식탁 위에 있는 은은한 조명을 켜고 빨간색 블루투스로 음악을 틀어 성시경, 잔나비, 폴킴을 소환한다.

가끔, 영은이 남편이 잡아 온 문어와 산낙지를 곁들일 때면 아내들을 데리러 온 남편들도 합류한다.

"만나면 술만 마시는 거 같은데, 글은 언제 써요? 쓰긴 해요?"

"쓰고 만나잖아요. 만날 때마다 노는 거로 보이겠지만, 조금만 있어 봐요. 결과물이 나온다니까요."

술잔으로 긴긴밤을 보내는 날이 더 많으면서도, 글로 만난 사이가 맞다고 우긴다.

만나서 놀기만 하는 것 같고 일상에서는 두서없는 대화만 하는 듯 보이지만 일과 관련한 연락이나 모임을 할 때는 확연히 다르다. 한 달에 한두 번씩 있는 그림책 수업, 특강, 하브루타 수업. 1주일에 한 번 이상 하는 독서 모임, 루틴 인증을 위해 매일 연락을 주고받는다. 일과 관련한 대화가 오갈 때면 읽고 이해하기 쉽도록 단답형으로 메시지를 주고받는다. 중요한 사항은 공지를 띄우고, 한 사람이 다시 정리해서 올려주거나 가까운 시일에 다시 한번 알려준다. 확인 여부도 점검하며 지극히 정상적이고 생산적인 대화를 하며 보통의 사람이 된다.

중요하거나 긴급한 일을 해야 경우는 되도록 모이는 것을 택한다. 시작하면 수험생 못지않은 진지한 분위기가 형성된다. 같은 공간에 있지만 적막하다. 가전제품, 카페 배경음악, 주위 사람들의 웅성거리는 소리가 전부다. 일과 관련된 대화만 오고 가니 정이라고는 좁쌀만큼도 보이지 않는다. 완전히 다른 사람으로 변신해 각자의 일에 집중하다 보면 한두 명씩 일을 끝내고, 마지막 사람의 일이 마무리될 때까지 기다린다.

"언니, 또 그 작가님들 만난 거야? 대체 글은 언제 써?"
"우리가 만나자고만 하면 그 작가님들 만난다고 하네."
"솔직히 말해봐. 그거 술 모임이지?"
인정, 부정, 변명 따윈 하지 않는다. 삼자의 입장이라면 당연히 그렇게 보일 수도 있다. 나름의 보폭을 가지고 각자의 꿈을 향해 천천히 걷고 있지만 술 마시는 흔적이 많아서일까, 우리의 만남을 오해하는 이들이 많다.

다른 사람은 몰라도 우리는 안다. 이 자리에 모이기까지 얼마나 부지런했는지, 얼마나 바빴는지, 얼마나 애써왔는지를. 그러기에 다 같이 있는 순간만큼은 편히 웃고 떠드는지도 모른다. 예전처럼 혼자였다면 냉장고에서 맥주 한 캔을 꺼내 홀짝이는 게 전부였을 테다. 술을 좋아하는 그녀들 덕분에 조금 더 요란하고, 시끌벅적하고, 정신없이 즐기며 시원하게 스트레스를 날려 보낼 수 있어 좋다.

여전히 일하는 사진보다 술잔을 부딪치는 사진이 많지만, 우리
는 분명 글로 만난 사이다.

4.

시절 인연이 아니길

박지연

  자기 계발을 위해 만난 우리가 '술'로 이토록 가까워질 줄이야. 같이 있으면 어릴 적 친구이거나 동창, 동기냐고 묻는 이들도 있다. 공부로 만난 사이라는 말에는 늘 그렇듯 물음표가 돌아오지만, 우리조차 알지 못했다. 이렇게나 자주 만나고, 가까워지고, 허물없이 지내게 될 줄은. 만나면 술잔을 들이키지만, 매일 각자의 자리에서 목표한 바를 향해 알토란 같은 하루를 살아가는 우리에게 2년 동안 어떤 일이 일어났을까.

  『영어 그림책 하브루타가 말을 걸다』, 『예비 초등 엄마 마음 사전』의 저자인 영은이는 스포츠의류매장 사장님이 되었다. 대학원에 다니며 학기 중에는 주경야독으로 밤을 지새운다. 작가, 강사, 학생, 경영자로의 역할 스위치를 전환하며 팔색조의 매력을 발산하고 있는 그녀는 또 다른 목표를 향해 전진하고 있다.

연경이의 하루는 배움으로 가득하다. 그림책 큐레이터 연구원으로 관련 교재 집필에 참여하고 있으며 교육기관에서 강사로도 활동 중이다. 숨겨둔 무대 본능을 떨치지 못해, 우리가 참여하는 북토크 및 사적인 행사에서 마이크를 잡고 흥을 발산하며 분위기를 이끈다. 네이밍을 만드는 천부적인 재능마저 겸비한 그녀의 두뇌는 오만가지 아이디어를 조합하느라 쉴 틈이 없다.

혜진이는 작년부터 『불렛저널 기초부터 활용까지』, 『복습으로 백 점 맞기』, 『똑똑한 엄마는 시간 관리가 다르다』를 출간하며 글 쓰는 삶을 보여주고 있다. 시간 관리에도 탁월한 그녀는, 자신만의 특화된 다이어리도 만드는 중이다. 최근, 글쓰기 코치로의 활동도 시작하며 능력의 가지를 뻗어 뿌리를 튼튼하게 내리고 있다.

그녀들처럼 내 삶도 선명한 그림을 그리고 있다. 최근에 『꿈이 있는 엄마의 7가지 페르소나』, 작년 가을에는 『역마살 엄마의 신호등 육아』를 쓰며 엄마 작가의 삶에 올라탔다. 또한 온라인과 오프라인에서 하브루타, 슬로리딩, 글쓰기 코치로도 활동하며 영역을 확장하고 있다.

각자의 자리에서 따로 활동해오다, 이 책을 집필하려 오랜만에 '일'로 모였다.

술자리마다 끊임없이 에피소드가 생산되지만, 임팩트가 있는 상황을 제외하고는 잊어버리기 일쑤였다. 그저 흘려보내기 아쉬운 마음에 뭐라도 남기자고 말해왔다. 책으로 낸다며 술김에 제목도 짓고, 큰 목차 작은 목차도 짜고, 어떤 내용을 넣을지도 구상했다. 유튜브를 통한 라이브 랜선 술자리를 가져보는 건 어떠냐는 의견도 있었다. 당장 뭐라도 할 것처럼 뭔 일이라도 낼 것처럼 흥분하다가도, 다음날이면 어김없이 한 김 식었다.

언젠가부터 술집에 가면 주위에서 〈술꾼도시 여자들〉이라는 드라마가 연상된다 했다. 배역과 우리를 매칭하는 사람들의 반응에 대체 어떤 내용이 나오는지 궁금해졌다. 유튜브에서 짧은 영상만 봤을 뿐인데도 공감되는 장면이 넘쳐났다. 유혹을 견디지 못하고 유료 결제 후, 수면시간까지 반납해 이틀에 걸쳐 전편을 시청했다. 배우들의 원래 모습인가, 연기인가, 헷갈릴 정도의 연출을 보며 흔적을 남기기 위한 선명한 그림을 그렸다. 어떤 콘텐츠도 상관없었지만, 우리에게 익숙한 글을 선택했다. 2년 가까이 안고 있던 고민에 판사 봉을 내리치자마자 박차를 가했다. 여담이지만 올해 6월 30일을 기점으로, 만(滿) 나이가 해제되었음에도 여전히 앞자리 숫자가 4인 영은이와 나의 간 건강 상태가 집필 강행에 활 시위를 당겼다.

술집에 모이면 최대한 멀쩡할 때 사진을 찍고 용건을 전달한다. 단기간 망각 능력이 뛰어난 나는 휴대전화를 열어 메모한다. 짧은 시간 동안 강하게 집중하고 나면 배가 고프다. 징징거리는 소리에 대화를 멈추고 각자 편한 자세로 먹고 마시다 보면, 연경이가 핸드폰 카메라 렌즈를 닦고 부른다. 아무것도 먹지 않았던 것처럼, 징징대지 않았던 것처럼, 옹기종기 머리를 모은다. 눈을 감았다, 각도가 맞지 않는다, 내 얼굴이 크게 나왔다 등 한 번 만에 오케이 되지 않는 건 당연하다. 예의상 세 번 정도는 자세를 취한 후 자리로 흩어져 다시 먹어댄다. 여느 때처럼 자기가 좋아하는 메뉴 위주로 주문하고, 대화는 끊어지고, 같은 상황도 제각기 편집하며 웃고 떠드는 화면이 시작된다. 다른 별에서 온 사람들처럼 딴소리를 주고받으면서도 뭐가 좋은지 하하 호호 즐겁다.

요즘 들어 시절 인연이라는 단어를 자주 듣는다. 불가에서는 모든 인연에는 오고 가는 시기가 있다고 한다. 사람의 일이나 모든 사물은 각자의 때가 있고, 인연이 되면 함께하는 시절을 갖게 된다는 뜻이 담겨 있다고 한다.

시절 인연처럼 보이는 우리는 각자의 아이들을 잘 키워 보자는 공부를 목적으로 만났지만 공통된 육아 철학이 있었다. 엄마라는 역할을 외에도 자기 계발을 통해 자신이 원하는 삶을 살고자 하는 궁극적인 목표도 있었다. 어쩌면, 바라보는 방향이 같고 공통된 점이 많았기에 진하게 만나고 있는 건 아닐까. 아이들이 성인이 되어 엄마의 보금자리를 떠난 뒤에도, 곁에 남아 의지하고 격려하고 보듬어 줄 수 있는 우리가 되길. 시절 인연이 아닌 평생 인연으로 남길 바라본다.

5.

시작은 야구,
현재는 축구

이혜진

2013년 10월 말. 삼성과 두산의 한국 시리즈 경기가 있었다. 정규 시즌 1위 팀인 삼성. 대구에서 네 경기가 열린다. 모두 예매했다. 3루 응원석은 아니었으나 현장에서 함께할 수 있다는 사실만으로도 전날부터 설렌다. 이겼으면 하는 바람과 함께 5차전 경기가 끝났다. 2승 3패다. 두산이 한 경기만 이기면 끝이다.

6차전 경기부터는 같이 갈 사람을 구하는 게 일이었다. 내가 가지고 있는 표는 일반석 여덟 장. 갈 친구들은 1, 2차전 때 이미 회사에 조퇴계를 제출했었다. 아니면 타지에 있어서 또는 회사 행사가 있어 못 간다고 했다. 찾다 못 구하면 지인의 지인에게 예매한 가격 그대로 판매하기도 했다. 7차전, 이번에는 네 장만 가지고 있다. 또 두 장이 남았다. 얼마 전 소개팅한 남자가 생각났다. 같이 가는 친구 유란이에게 먼저 물어봤다. 그와 함께 봐도 되겠냐고. 흔쾌히 괜찮다고 했다. 부탁을 하나 했다. 어떤지 봐 달라고.

"삼성이 내일 경기 이기면 같이 7차전 보러 갈래요?"

내가 연락한 사실보다 한국 시리즈 7차전을 보러 갈 수 있다는 기대에 더 흥분했다고 한다. 나도 그도 오후 휴가계를 냈다. 12시에 컴퓨터를 끄고 회사를 나섰다. 일주일 사이, 네 번째 오는 길이다. 어디에서 버스를 타고 환승하는지도 안다. 야구장 앞에서 친구를 만났다. 그는 초밥을 사서 오고 있는 길이라 했다.

"야~ 혜구야! 나 야구장에서 초밥 처음 먹어보잖아. 어떻게 초밥을 생각했지? 일단 합격! 난 찬성일세!"

초밥 하나에 친구는 넘어갔다. 나의 부탁을 제대로 들어줄 수 있을까. 11월 1일, 낮에는 햇살이 뜨거웠다. 양손에 초밥을 가지고 오는데 이마에 땀이 맺혀 있다. 그리 더운 날씨도 아닌데, 막 빨리 뛰어올 필요도 없었는데. 친구는 그를 만나자마자 다시 초밥 이야기를 한다. 자리에 앉아서도 또 먹으면서도. 친구는 나보다 더 좋아했다.

승리했다. 정규 시즌 중에 응원하는 팀이 이겨도 발걸음이 가벼운데 한국 시리즈 우승이라니. 이런 날은 또 술이 빠질 수 없다. 야구장 인근 식당은 이미 축제 분위기다. 우리도 야외에 자리를 잡았다.

우리를 처음 보는 사람들은 둘이 어떻게 만났느냐고 묻는다. 나는 평소에도 말을 먼저 하는 편이 아니라서 가만히 있었다.

"집사람이 나한테 완전 푹 빠졌잖아."

금시초문. 내가? 언제? 무슨 근거로? 눈을 더 크게 뜨고 그를 쳐다보면 그가 대화를 이어갔다. 소개팅하고 주말에 잠깐 연락하다가 평일에 문자도 안 주고받았는데 수요일에 내가 연락을 했다는 것이다. 한국 시리즈를 같이 보러 갈 거냐고. 누가 마음에도 없는데 한국 시리즈를, 그것도 7차전을 보러 가자고 이야기하냐며 큰 목소리로 말한다. 끝나지 않았다. 자기를 좋아하지 않으면 그렇게 말할 수 없다고 했다. 뒤늦게 갈 사람이 없어서, 같이 갈 사람들과는 이미 다 봤다고, 마음에 들어서가 아니라 친구한테 사람 좀 봐달라고 한 거였다고 해명해 봤자 늦었다. 지금 그 남자와 살고 있다.

나는 야구를 좋아한다. 운동은 보는 것보다 하는 걸 더 좋아한다. 야구는 다르다. 보는 걸, 직관하는 걸 좋아한다. 가서 응원도 하고 술 마실 수 있기 때문이다. 그도 여기까지는 비슷하다. 결혼 후, 그는 말도 없이 야구 동아리에 가입했다. 공을 던지다 오른팔을 다쳤는데 설을 앞두고 철심을 박는 수술까지 해야 했다. 이후는 청백전 할 때 한 번씩 참여한다.

그도 술을 사랑한다. 술 종류를 딱히 가리지 않는다는 점도 좋다. 다른 지역에 놀러 가면 어떤 소주와 막걸리가 있는지 본다. 안주 취향도 비슷하다. 칠곡 대학로에 있는 안동찜닭과 장수 국밥. 읍내동에 있는 부자 국밥에서 반주하며 먹거나 국물과 함께 소주를 마셨다. 연애 시작 전부터 지금까지, 술 궁합은 맞았다. 남편과 마시면 '술맛'이 있다. 목 넘김이 부드러운 동동주, 달달한 소주, 시원한 맥주를 마실 때면 남편 생각난다.

야구는 스쳐 지나갈 뻔한 인연을 만날 수 있도록 이어주기도 했으나 결정적인 건 '술'을 좋아한다는 공통점이 있었다. 평소 나는 같은 취미를 가진 사람을 만나고 싶었다. 독서, 운동과 같은 건설적인 형태는 아니었으나 애주가 하나로도 좋았다. 그땐 그랬다.

여행을 좋아한다. 아이가 태어나기 전까지만 해도 놀러 다녔는데 어느 순간부터 먼저 어디 가자는 말을 하지 않는 그. 결국, 쉬고 싶은데 매주 밖에 나가야 하냐는 소리도 들었다. 연애할 때는 그도 좋아한다고 생각했는데 피곤하고 나이도 들었고 체력도 부족한 걸까? 가만히 있는 걸 더 좋아한다. 지난 우리를 떠올려봤다. 그와 나는 술 외에는 비슷한 게 거의 없었다. 공통점이 많아서 끌리는 줄 알았는데 사실 다른 점이 더 많았다.

7월에 축구 수업을 등록했다. 첫째 아이 축구 샘플 수업 들으러 갔다가 일정표에 성인반(여자)이 적힌 글을 보게 된 것이다. 집에 온 후에도 계속 생각났다. 처음에는 운동할 수 있다는 그 자체로 좋았다. 정적인 운동보다 움직이는 활동을 선호하는데 축구는 꽤 활동적이다. 하고 나면 땀도 많이 나고 근육도 생길 것만 같았다. 고작 일주일에 한 번 가면서, 아직 시작도 안 했으면서 살이 빠지고 아이의 공을 뺏는 모습을 상상한다.

함께 할 수 있다. 초등학교 입학 후, 쉬는 시간과 점심시간마다 축구하는 아이다. 주말에도 공 차러 가자고 이야기하는데 시간이 지날수록 내가 힘들어서 포기한다. 남편은 원래 축구를 좋아하니 결국 둘이서 연습하며 논다. 내가 취미반에 등록하면 남편이 없을 때도 운동장에 가서 공을 주고받을 수 있다. 아이와 대화할 수 있는 거리도 생겼다. 아이와 같이하는 모습을 그리니 괜히 설렌다. 이제 남편과 야구 보러 갈 때도, 술 마실 때도 두근거리지 않는데 아들과 축구라니.

　일주일 평균 가족 대화 시간이 1시간이 안 된다고 한다. 기사를 보고 충격이었던 나는 하브루타를 배워 대화를 많이 하고 서로에 대해 잘 아는 가정으로 만들고 싶었다. 이제, 축구라는 새로운 대화 주제가 생겼다. 같이 공을 찬다. 할 말이 많아졌고 스트레스가 풀린다. 남편과는 야구, 술로 만나게 되었으나 이제 우리 가족의 취미가 생겼다. 운동하기 위해서 수업에 가지만 가족과 함께하기 위해서라도 계속 공을 찰 계획이다. 콩닥콩닥하지는 않으나 손에 꼽히는 같은 취향인 '술'은 그와 여전히 마시면서 말이다.

6.

술에서도 배움이 있다

이혜진

"또 술이가!"

주 5일제다. 대학생 때, 평일에 마시고 주말은 쉬었다. 월요일부터 술 마신다며 한소리 듣고, 목요일이 되면 다시 잔소리 듣는다. 주말에도 들이키면 쫓겨날까 봐 참았다가 월요일이 되면 다시 달린다.

십 대, 호기심에 마셨다. 궁금했으니까. 도대체 어른들은 무슨 맛으로 술 마시는 건지, 왜 우리에게는 마시지 말라고 하는 건지. 몰래 한 잔 마셨다. 엄마에게 들키지 않으려고 물에 소주를 살짝 탔다. 쓴맛이 조금 날 뿐, 모르겠다. 컵에 조금 더 따라서 마시고 바로 물을 꿀꺽꿀꺽 삼켰다. 이전에 마셔보지도 않았는데 어떻게 소주 마시고 물도 준비했을까. 술 한 잔, 물 한 모금. 이후에 소주 가 쓰거나 많이 마시고 싶지 않은 날에는 물을 찾는다.

이십 대, 거의 매일 마셨다. 이유 없이 그냥, 아니면 고생했다는 이유로. 특정 날을 잡지 않았다. 약속이 없으면 동기끼리 만나 놀 았다. 다음 날은 선배와 마셨다. 그다음 날은 여자 동기끼리 잔을 기울였다. 다른 선배가 술 사준다고 한다. 프로젝트가 끝났으니 건배를 했다. 일할 때도 마찬가지였다. 동기, 룸메이트, 기숙사에 사는 사람, 팀에서 몇 명 또 전체 회식. 차례차례 만났다.

삼십 대, 다양한 술을 맛본다. 소주와 맥주 마시다가 동동주 맛 을 알게 되었다. 그 시작은 '가천 생 동동주'였다. 냉장고에서 막 꺼낸 동동주가 부드럽게 넘어간다. 가천 양조장에서 당일 아침에 만든 동동주를 말통에 받으면 색깔도 목 넘김도 꼭 우유 같다. 이 후 맛있는 막걸리를 먹고 싶어 마트에 가면 주류코너에서 멈춘다. 일단 맛을 볼 한두 종류만 사 온다. 유통기한이 긴 막걸리는 좋아 하지 않는다. 짧은 막걸리 중 제조일이 얼마 안 된 제품으로 선택 한다. 막걸리에서 와인 그리고 양주까지, 마시는 술 범위가 넓어 졌다. 와인과 양주는 향을 먼저 맡고, 한 모금 마셔 입에 머금고 있다가 코로 향을 뱉는다. 삼킨 후에도 입안에 여전히 맴도는 향이 좋았다. 술로 다양한 향과 맛을 경험했다.

이십 대까지는 술이 좋아서 사람 만나면 술 마셨다. 술을 어떻게 대해야 하는지 몰랐다. 술에 대한 가치관이 형성되어 있지 않았을 때는 취하는 일도 많았다. 내가 술을 좋아하니 주위에는 술 좋아하는 사람이 늘 있었다. 그들과 재미있게 마셨던 기억이 난다. 첫 직장 동료와 마신 술도 잊을 수 없다. 주위에 지인이 없으니 서로에게 시시콜콜한 이야기까지 다 한다. 이직하면서 처음으로 술 안 좋아하는, 즐겨 하지 않는 사람들과 한 팀이 되었다. 개인사를 나누지도 않았다. 예전처럼 마시면 나만 흐트러진다. 그때부터 나와 맞는 사람인지 보게 되었다. 술 마신다고 사람은 보이지 않았는데 어떤 사람인지 궁금해진 건 삼십 대가 되어서이다. 술을 마시면서, 마시는 기간이 길어지면서 술에 대한 의미가 달라졌다.

술 대하는 자세 또한 변화가 있었다.

술 마시는 일은 내가 결정한다. 어리고 젊었던 시절에는 매일, 이유 없이 마시기도 했으나 요즘은 그렇지 않다. 안 마시고 싶은 날이 있으면 입에 대지 않는다. 덜 마셔야겠다고 생각한 날은 소주 한 잔을 서너 번에 나눠 마신다. 술이 내 중심을 무너뜨리게 놔두지 않는다. 내가 술을 선택한다.

또 하나는, 술 종류를 가리지 않는다는 점이다. 왜 그렇게 소주, 맥주만 마시고 살았나 싶다. 세상에 마실 술은 많다. 종류별로 맛볼 수 있으면 좋겠다. 술 마시고 몸에 부작용이 생긴 적이 없었다. 괜찮다는 말이다. 음식 알레르기도 없다. 술을 마시며 원하는 안주 골라 먹을 수 있고, 반대로 안주와 어울리는 술을 선택할 수 있다. 자유로우니 술과 음식에 상관없이 마신다. 선택의 폭도 내가 만들어간다.

마지막으로 하나는, 기분이 안 좋은 날에는 마시지 않는다. 예전에는 힘들고, 억울하고, 속상하고, 화가 나고, 아프다는 이유로 술을 마셨다. 내가 그럴 때도, 내 앞에 앉은 사람이 그럴 때도 있었다. 위로할 일이 있으면 한 잔하면서 말을 건넨다. "자! 이거 마시고 잊어버리자!" 술 한 잔 마시고, 연이어 한 잔 더 들이킨다. 결국 필름이 끊긴다. 다음날, 뭔가 있는 거 같은데 기억나지 않으면 더 괴롭고 불안하고 후회된다. 안 좋은 일을 술로 풀려다가 생각이 나지 않는다. 혹시나 실수했을까 하는 걱정으로 전날 술 마신 이유는 잊어버렸다. 어제의 기억이 되살아나지도 않는다. 더 안 좋은 쪽으로 꼬이는 느낌이었다. 특정 사건이 있었다기보다는 경험을 통해서 '이러면 안 되겠다.'라는 생각이 든 거 같다. 회사에서 일이 풀리지 않았을 때 끝나고 술 한잔하며 기분 전환했다. 술 마시는 일 대신 어떻게 해결할지를 고민한다. 친구들을 만나서 불만을 쏟아 낼 때도 짧게 끝낸다. 기분 좋은 이야기를 하자고 화제를 바꿨다. 기분이 안 좋은 날에 술을 마셨다면 신세 한탄하는 술자리가 될 수 있는데 그런 날은 일부러 약속을 잡지 않거나 밥 먹는 식당에서 만난다.

많이 마시던 때도 있었다. 실수하는 날도 있었고 기억나지 않을 정도로 많이 마셔 부모님 걱정시키기도 했다. 잔을 비우며 배워 갔다. 과음하고 속이 안 좋아 누워 있으면서 '다시는 술 안 마셔야지.' 하면서 그날 밤, 이튿날이 되면 또 마신다. 마음을 먹었으나 단칼에 끊어내듯이 행동으로 옮기지는 못했다. 경험과 후회가 쌓이면서 술의 의미, 술을 대하는 자세, 술에 대한 가치관을 만들어 간다. 이 모두 경험하지 않았다면 만들 수 있었을까. 물론 누군가는 술로 가치관을 만들어야 하냐고 묻는 사람도 있다. 하나의 경험을 통해서 배우고 발견할 수 있다면 다른 어떤 경험을 통해서도 내 삶에 의미를 부여할 수 있다고 믿는다. 이런 경험이 많이 쌓여 신념을 만들어갈수록 판단과 결정을 내릴 때 도움이 된다.

즐겁게 술 마시는 일도 좋다. 그 당시에 즐거움과 행복감을 느끼니까. 운동해서 몸 관리하고, 독서 통해 마음 수양하듯, 술도 적당히 마실 필요는 있다. 술 마시는 사람이지만 과음이나 술을 마구 장려하고 싶지는 않다. 술 좋아하는 사람으로서 노는 재미만 추구하지 말고 하나 더 만들어가면 좋겠다. 바로 배움이다. 각자가 겪은 경험으로 다른 사람들에게 도움이 될 한 문장, 가치를 나누면 어떨까. 책을 읽고 내 삶에 적용하듯 술자리에서 나눈 대화 중 하나를 내 삶에 변화로 주는 것이다. 헤어지고 나서도 생각나는 술자리, 또 만나고 싶은 술자리가 될 수 있게 말이다. 앞으로의 술자리에서는 또 어떤 배움이 있을지 기대된다. 인생을 배우기 위해서라도 마시는 자리, 거부하지 않을 테다.

7.

할아버지의 막걸리

성연경

할아버지는 막걸리를 좋아하셨다. 나를 무릎에 앉히고 도란도
란 이야기 나누며, 노오란 주전자를 기울여 뽀얀 막걸리를 따라
드셨다. 날이 더울 때는 시원하게 한잔해야겠다 하고, 출출할 땐
한잔 마시면 든든하다 했다. 특별한 안주도 없이 간식 삼아, 때론
식사 대신 막걸리를 드셨다. 달콤한 음료수를 드시면 좋겠는데,
언제나 막걸리였다. 옆에 있으면 쿰쿰하고 시큼한 냄새가 별로였
다. 그렇지만 과자를 집어 입에 넣어주며 예쁘다 쓰다듬어 주시는
손길과 다정한 대화가 좋아서 드시는 내내 옆자리를 지켰다.

할아버지는 나에게 최고였다. 큰아들의 첫딸인 나를 일등으로
예뻐해 주셨다. 언제나 할아버지 댁에 가면 버선발로 맞아주시고

어디든 데리고 다니셨다. 할아버지와 외출하면 땅에 발 닿을 날이 없었다. 어디를 가든지 안아주고 업어주셨다. 불면 날아갈까 쥐면 부서질까 애지중지한다는 것이 그런 것인가 보다. 철부지 어린 나이였지만 할아버지의 사랑은 느낄 수 있었다.

막걸리를 마셨다. 특유의 냄새가 별로였고, 걸쭉한 배부름이 마음에 들지 않았다. 텁텁함이 싫어 음료수와 함께 마셔보아도 영 입맛에 안 맞다. 할아버지가 말씀하시던 구수함은 느낄 수 없었다. 많이 마시고 나니 소가 되새김질하듯 자꾸 트림이 나고, 자고 일어났더니 소주 몇 병을 마셔도 없었던 숙취가 몰려왔다. 이게 무슨 맛이 있다고 좋아하셨을까. 할아버지 생각이 났다. 막걸리를 마시며 옆에 앉혀놓고 해주시던 이야기와 따뜻하게 봐주시던 눈빛이 떠올랐다. 함께 가던 약수터도 기억났다. 업고 가자는 할아버지의 말씀에 걸어갈 수 있다며 호기롭게 가다가 미끄러져 엉덩이에 불이 난 듯 따가웠던 추억. 할아버지와 떨어지기 싫어 기어코 출근길을 따라나서 퇴근을 기다리며 회사 마당에서 놀았던 일들이 스친다. 할아버지를 생각하며 마시니 냄새가 구수했고, 달짝지근한 것이 맛있기까지 했다. 시큼한 냄새는 발효가 잘된 것 같고, 걸쭉함은 목 넘김이 좋았다. 텁텁함이 마음에 들지 않았던 막걸리가 할아버지와의 추억을 안겨주니 어떤 술보다 입맛에 딱 맞았다. 그때부터 막걸리를 가까이하게 되었다. 여러 지역의 막걸리와 다양한 맛의 막걸리를 맛볼 땐 할아버지가 살아계셨다면 여러 가지 맛을 보여드렸을 텐데 하는 아쉬움이 들었다.

언제부터였을까. 아버지가 막걸리를 드신다. 아버지는 담금주나 도수가 높은 술을 주로 드셨는데 어느 날부터 막걸리를 드신다.

"할아버지, 이거 뭐예요? 냄새가 이상해요." 딸아이가 이야기했다. 아버지는 "이거 막걸리라는 술인데 맛이 좋다." 하며 커다란 대나무 술잔 가득 막걸리를 따랐다. 아버지의 무릎에 딸아이가 앉아 속닥속닥 이야기를 나눈다. 손녀를 보는 아버지의 눈에서 꿀이 떨어진다. 아버지도 예전 나의 할아버지처럼 손녀를 안고 업고 다닌다. 딸아이도 할아버지가 최고라고 한다.

아버지도 막걸리를 드시며 할아버지를 추억하시겠지. 아버지를 보니 왠지 어깨가 쓸쓸해 보였다. "나 어렸을 적에 할아버지도 막걸리를 그렇게 드시더니 아빠도 이제 할아버지네." 하며 은근슬쩍 옆에 앉아 술잔을 내민다. "아이고, 같이 한잔하려고?" 술잔을 채워준다. "내가 뺏어 마셔야 아빠가 적게 드시지." 하며 막걸리를 들이켠다. "그런 걱정은 하지도 마라. 실컷 마실 만큼 준비되어 있지." 하며 다시 잔을 채워준다. 아버지와 마시는 막걸리는 더 달면서도 씁쓸했다.

막걸리를 마신다. 할아버지를 떠올리며 맛보기 시작해, 아버지의 술벗이 되어드리려 꾸준히 마시다 보니 어느새 찾아 마시는 술이 되었다. 나이 탓인가, 추억 탓인가 이제는 막걸리가 맛있다. 특유의 냄새도 묵직한 목 넘김도 거북스럽지 않다. 오히려 무게감 있는 든든한 술이라며 예찬한다. 다양하게 출시되는 막걸리를 맛보는 재미도 쏠쏠하다. 막걸리 전문점이 생겼다고 해서 가봤더니 지역별로, 브랜드별로 진열된 신세계다. 종류가 어마어마했다. 취향에 따라 입맛에 맞을 만한 막걸리를 추천해 주기도 하고 술잔도 다양하게 준비되어 있었다. 여러 종류를 시켰더니 그때마다 어울리는 잔을 바꿔주었다. 와인바에 온 듯한 착각이 들 정도였다. 농담으로 막걸리 소믈리에도 있나 보다 했더니, 정말 전통주 소믈리에란다. 구미가 당기는 자격증이다. 기회가 되면 도전해 보고 싶다. 아버지를 모시고 꼭 한번 와야겠다고 생각했다. 가정사 외에 아버지와 공통의 관심사가 잘 없는데 또 하나의 이야깃거리를 만들 수 있을 것 같다. 훗날 막걸리를 마시며 아버지 생각에 쓸쓸한 기분이 들지 않도록 함께하는 시간을 자주 만들어 마음을 많이 표현해야겠다고 다짐한다.

가장 즐기는 술이 막걸리는 아니지만, 추억을 소환하는 걸로 따지만 단연코 일등이다. 할아버지와의 행복한 순간을 떠올려주고, 아버지와의 소중한 시간이 선물처럼 다가오고, 어린 시절의 나를 보는 듯한 딸아이와 그 시절 할아버지를 닮은 아버지의 모습에 미소 짓게 한다. 추억이 있다는 건, 우리에게 기쁨과 희망을 주고 지지와 위로가 되며 삶을 살아가는 원동력이 되기도 한다. 그런 의미에서 막걸리는 나를 받쳐주는 종합선물 세트가 아닐까. 지금 시각은 저녁 10시, 긴 장마로 인해 빗소리가 베란다 창을 두드린다. 나도 모르게 냉장고 문을 연다. 오늘은 딱 두 잔만 하고 자야지. 할아버지의 정겨운 미소를 떠올리면서.

8.

엄마라는 여자의 시간표

성연경

눈을 뜨자마자 부산스레 준비를 마치고 아이들과 나선다. 학교까지 가는 십 분 동안, 차 안에서 두 아이의 일과를 점검한다. 유치원생일 때만 해도 일일이 알려주었지만, 초등생이 된 이후로는 방과 후 수업이 있는 날인지, 학원 수업이 있는 날인지 정도는 알아서 점검하도록 한다. 아이들을 내려주고 집으로 돌아오면, 빠른 속도로 어질러진 주방과 거실을 치우고 소파에 널브러져 나의 일정을 정리한다.

이제 나의 시간이다. 친구들과 하는 운동 챌린지의 미션을 서둘러 진행한다. 시간제한 벌금을 내지 않기 위해 외출 전 반드시 하

고 나가야 한다. 학원 스케줄이 매일 다른 아이들처럼 나의 시간
도 요일마다 일정이 다르다. 워킹맘이 되는 것을 포기했으니 수
익 창출을 위한 다른 방안들을 찾았다. 그러다 보니 아이들이 없
는 오전 시간에 뭐라도 해보겠다며 벌여 놓은 일이 여러 개다. 유
치원에서 아이들과 함께하는 그림책 큐레이터 수업, 도서관과 문
화센터에서 강의하는 부모 교육, 지역 서점에서 이루어지는 북토
크 사회, 함께 책을 읽는 낭독모임. 배움의 연속인 온라인으로 진
행되는 글쓰기 강의까지 평일 오전 시간이 바쁘다. 오후에는 아이
들 일정에 맞춰 움직여야 하기에, 되도록 오전에 끝내야 한다.

오후 2시부터는 아이와 함께하는 시간이다. 학년이 다르니 먼저
하교하는 아이부터 학원 시간에 맞춰 아이를 이동시키며 틈틈이
간식을 먹을 수 있도록 준비하고 수업을 듣고 있는 사이 다른 아
이를 집에 데려온다. 유치원처럼 아침부터 오후까지 한 공간에만
있는 게 아니라서 실시간으로 이동해야 한다. 게다가 아이 둘 다
초등생이 되니 몇 되지 않는 스케줄도 2배로 정신없다. 매주 같은
일정이 반복되는 듯하지만, 아이들 일정에는 예기치 않은 변수가
잦아 점검하며 움직이는 것이 필수다.

아이들이 모든 일정을 마무리하고 집으로 돌아오면 저녁 식사를 챙기고 집안일을 해치운다. 때로는 학습을 도와주고 함께 책을 읽으며 아이들과 시간을 보낸다. 아이들에게만 집중하는 시간이다. 아이들이 잠자리에 들고나면 나만의 시간이 돌아온다. 밤 또한 오전과 다름없이 바쁘다. 온라인으로 진행되는 여러 강의에 참여하고 북클럽 진행과 그림책 연구모임까지 매일 할 일이 있다.

일과를 마치면 늦은 밤이다. 나에게 주는 최고의 포상은 시원한 맥주 한 캔이다. 10년째 해도 정답을 모르겠는 육아와 40년 동안 찾지 못한 적성으로 오는 스트레스는 여전하지만, 맥주를 들이켜 탄산의 짜릿함을 느끼면서 오늘 하루도 알차게 보낸 나를 셀프 칭찬한다.

혼술을 하지 않았었다. 혼자서 마시는 술은 처량할 것 같았다. 세상의 온갖 근심을 짊어진 모습으로 보일 것 같았다. 혼술의 멋짐은 영화나 드라마에서나 가능하다고 생각했다. 그러기에 멀리했던 건지도 모른다. 무엇보다 내가 술을 마시는 이유는 사람과 분위기 때문이었다. 세상 사는 이야기를 나누며 시끌벅적한 와중에도 집중되는 그 분위기가 좋았다. 눈을 마주 보며 소소한 이야기에도 웃으며 감정을 나누는 시간이 즐거웠다. 육아하면서 꿈꿀 수 없는 시간이었다. 세상이 어떻게 돌아가는지 관심을 가질 여유가 없었고, 집중은커녕 돌아서면 우당탕이었다. 감정이 소모되는 시간이 이어졌다. 누가 시킨 것도 아니고 스스로 선택한 육아였기에 하소연할 수 없었던 상황이 스트레스가 되었다. 아이들을 재우고 물을 마시려 냉장고를 열었는데 언제부터 있었는지 모를 맥주가 눈에 띄었다. 답답한 마음 누르고자 이거라도 시원하게 마셔봐야겠다며 들이켠 맥주가 그렇게 맛있을 수가 없었다. 지금까지 이런 맥주는 맛본 적 없는 것 같았다. 사막에서 오아시스를 만난 듯했다.

그때부터다. 아이들을 재우고 숨겨둔 꿀단지를 꺼내듯 조용히 맥주를 꺼내 나에게 선물했다. 낮에 피로가 몰려오면 '이따가 애들 재우고 시원하게 한 캔 마셔야지.' 하며 기운을 차린다. 밤이 되어 조용히 혼자 맥주를 마시며 때로는 화를 삭이고, 어느 날은 울컥해 눈물이 찔끔 날 때도 있다. 감정에 솔직할 수 있는 건강한 시간이다. 화를 삭이지 못하고 짜증으로 내보내는 일이 잦았는데 혼술의 묘미를 알고 나서는 감정 조절도 수월해졌다. 깜깜한 밤 고요함 속에서 오롯이 혼자 즐기는 혼술타임은 하루의 피로와 스트레스가 풀리는 순간이 되고, 다시 힘을 낼 원동력이 된다.

5장

엄마,
다시 꿈을 꾸다

1.

'해녀의 꿈'에서 만난
우리의 꿈

이영은

그녀에겐 꿈이 있었다.
그녀의 딸은 꿈을 꾸고 있다.
우리는 함께 꿈을 꾸고 또 나눈다.
해녀의 꿈에서.

강의와 매장 일 그리고 대학원생 생활을 병행하면서 가장 힘들
고 미안한 부분이 아이들이었다. 내 꿈을 향해가는 과정의 뿌듯
함과 엄마로서 아이들을 챙겨주지 못하는 죄책감은 늘 붙여 다녔
다. 끼니를 제때 못 챙겨주기도 하고 때로는 깜깜한 밤, 열 살, 여
덟 살 오누이 둘이 집을 지켜야 하기도 했다. 혹시나 아이가 학교

에서 무슨 일이 생겨도 매장과의 거리가 멀어서 빨리 달려오지 못해 속이 타들어 가는 적도 있었다.

이사를 결심했다. 매장과 가깝고 친정과 가까운 곳. 숲세권 역세권 다 좋지만 뭐니 뭐니 해도 친정세권이 최고인 것을 이사를 통해 알게 되었다. 이제는 쉬어야 할 나이인 친정엄마에게 큰 짐을 주는 건 아닐까 오랜 시간 망설이다 결심했다. 다행히 아이들이 자라면서 크게 손이 갈 일은 없었다. 학교와 학원이 아파트 근처에 있으니 스스로 잘 다닐 수 있었다. 집이 매장과 가까워 혹여나 아이들에게 무슨 일이 생겨도 언제든지 출동할 수 있어 마음이 놓였다. 아이들도 할머니를 매일 볼 수 있어 좋아하며 이사 온 곳을 마음에 들어 했다.

다만 한 가지. 십 년 가까이 살아온 동네를 떠나오면서 가장 아쉬운 건 주위 맛집들도 함께 떠나오는 것이었다. 남편이랑 한 번씩 가서 한잔했던 먹태가 끝내주는 호프집, 전국에서 유명한 돌곱창집, 대구 최고의 곰장어 맛집 그리고 신혼 때부터 단골인 생고기 집까지.

이사 온 동네에는 집에서 길 하나만 건너면 유명 프랜차이즈 커피숍과 식당들이 즐비해 있었다. 하지만 풍요 속의 빈곤이랄까.

오래된 단골 맛집에서 찾을 수 있는 푸근함과 정을 느낄 수 없어 허전한 마음이 들었다. 그곳엔 우리의 추억이 없어서일까. 남편과 맛있어 보이거나 검색으로 몇 곳을 가보았지만, 우리를 다시 이끌게 하는 곳은 없었다.

  하루는 해산물과 조개구이가 먹고 싶어서 더 솔직히 말하자면 한잔하고 싶어서 전에 지나가며 봐두었던 동네 해산물 집으로 향했다.

  "해녀의 꿈, 이름 예쁘다. 여보 나도 닉네임이 꿈꾸는 안나인데… 뭔가 비슷하다."

  조개를 굽느라 바쁜 그는 억지로 끼워 맞추는 인연까지 신경 쓸 겨를이 없어 보였다.

  "오빠 나는 이런 노포 포장마차 분위기가 너무 좋아. 꼭 대학 때 느낌이다."

  "많이 먹어."

  이게 대화인가. 생각하고 있을 무렵 지연이네 부부가 포장마차 비닐 문을 젖히며 들어왔다.

  "야~ 여기 직원 정말 친절하다."

  지연이의 말에 들어왔을 때부터 더 기분이 좋았던 이유를 알 수 있었다.

그날이 우리 인연의 시작이었다. 그 후로 지금까지 '해녀의 꿈'은 우리의 아지트가 되었다.

싱싱하고 푸짐하고 때깔 좋은 해산물과 낙지탕의 맛도(사실 모든 메뉴가 다 맛있다. 글을 쓰고 있는 지금도 생각하니 혀 밑에서 침이 고인다.) 물론이지만, 사장님과 직원들(사장 언니의 딸과 아들)의 친절함에 순식간에 매료되었다.

"언니~ 제가요. 언니들 덕분에 책을 사서 읽고 있어요."

이제는 너무나 친해져 버려서 '솔미야~'라고 부르며 함께 술자리를 하는 사장 언니의 딸이 말했다.

"진짜? 이야~ 멋지다. 잘했어, 잘했어~"

"언니! 제가 만약에 책을 쓰면요. 엄마랑 제 이야기를 쓰고 싶어요."

그녀의 반짝이는 눈동자를 보며 지금 그녀 나이 때의 내 시절이 그리워지기도 했다. 그리고 설레는 눈빛으로 꿈꾸는 그녀가 더욱 사랑스러워 보였다.

언제나 알뜰살뜰 챙겨주는 은진 언니(사장님)의 마음도 한없이 감사했다. 대학원 시험 기간에는 시험 잘 치라고 도시락에 과일을 싸주는가 하면 술자리를 파하고 집에 갈 무렵에는 아이들 주라고 치킨을 주문해 주시기도 했다. 한 번도 빈손으로 우리를 보낸 적이 없었다. 혜진이가 강원도에서 온 날은 두 손에 차비까지 건네는 그 마음이 따뜻해서 여운도 더 진하게 남았다.

우리가 함께 이 책을 쓰자고 말하고 최종 결정을 내린 곳도 '해녀의 꿈'이었다.

이 책이 출간될 때쯤에도 우리는 '해녀의 꿈'에서 회포를 풀 것이다.

우리는 매일 꿈꾼다.

'해녀의 꿈'에서 한잔한 날을.

그리고 우리 모두의 꿈이 이루어질 날을.

2.

꿈처럼 빠지는
술과 글과 책

이영은

접혀 있던 책 귀퉁이를 펼친다.

뭔 이야기인지 모르겠다. 전 내용이 기억나지 않는다.

다시 앞쪽으로 넘겨 되새김질한다.

역시 술 먹고 책을 읽으면 여러 번 볼 수 있어 좋다.

여행을 갈 때면 책을 한두 권 챙겨 넣는다. 여행 가기 전 읽을 책을 사는 설렘을 느끼는 것 또한 나만의 여행 즐거움이다. 언제부터인지 아이들도 여행을 갈 때면 본인이 볼 책부터 챙기곤 한다. 이젠 가족이 모두 책 한두 권을 여행 가방에 넣어 가는 습관이 우리 집 여행문화가 되었다.

몇 해 전 제주도 한 달 살기를 할 때도 마찬가지였다. 미리 숙소에 책 한 박스를 택배로 보냈다. 숙소를 구할 때도 도서관 근처를 우선으로 고려했다. 여행에 책이 빠지지 않지만, 완독이 목적은 아니다. 그저 책이 늘 곁에 있으면 마음이 푸근해졌다. 다 읽지 못하고 올 때가 다반사이지만 여행의 설렘과 책이 함께 하는 것만으로도 신나는 여행의 출발이 되었다. 가족여행을 하다 보면 아이들 챙기랴 식사 챙기랴 책을 볼 시간이 없을 때도 많지만 여행지에서 짬짬이 읽는 독서는 달콤했다.

어느 해 휴가 때 아이들이 물놀이로 일찍 지쳐 잠들었던 날이었다. 정신없는 하루를 보내고 난 후 찾아온 여유였다. 오랜만에 남편과 한잔하기로 하고 아이들 몰래 숨겨둔 나의 최애 과자 '오징어집'과 냉장고 깊숙이 넣어둔 시원한 맥주를 꺼냈다. 아주 살짝이나마 들뜬 마음으로 남편과 마주 앉았다.

고요함을 느낀 순간 고개를 들어보니 서로 핸드폰을 보며 각자의 시간을 즐기고 있었다. 핸드폰을 내려놓고 말을 걸어볼까 생각하다 마땅히 할 말이 생각나지 않아 말기로 했다. 캐리어에서 책을 꺼내와 읽기 시작했다. 맥주를 홀짝홀짝 마시며 한 페이지씩 넘겨 간다. 과자를 하나씩 입에 쏙쏙 넣어 가며 바사삭 소리와 함께 손가락에 묻는 과자 부스러기를 입으로 쪽쪽 처리하고는 페이지를 넘긴다.

눈은 책을 향하고 손은 맥주를 드는데 손이 확 들려버리는 게 벌써 가볍다. 책을 손에 든 채로 냉장고에서 맥주를 꺼내 와서 또 한 캔 따며 읽어 내려간다. 캔 따는 소리에 정신이 들었는지 남편이 말을 건다.

"술 먹으면서 왜 책을 봐요?"

"응? 그럼 뭐해요?"

핸드폰을 보는 거나 책을 보는 거나 뭐가 다른가. 차라리 책이 낫지 않냐는 말은 대화가 길어질까 봐 안 하기로 했다.

"……."

"그렇게 술 먹고 책 읽으면 내일 기억은 나요?"

"아니. 안 나는 게 더 많지."

"그럼, 왜 읽어요?"

"기억나려고 읽는 거 아닌데. 그냥 재미있어서 읽지. 기억 안 나면 또 보면 되지요."

이해할 수 없다는 남편의 표정과 짧은 대화가 마무리되었다.

언젠가 읽어도 기억나지 않는 독서를 왜 해야 하는지 생각한 적이 있다. 술을 먹고 책을 읽든 맨 정신에 읽든 시간이 지나면 내용을 기억하지 못하는 것이 대부분이다. 책을 어느 정도 즐기고 책에 대한 애정이 깊어 갈 무렵 책은 기억하려 보는 것이 아니라는 걸 알았다.

음악을 외우려고 듣는 것이 아니듯. 영화의 내용을 기억하려 보는 것이 아니듯. 그림을 어떤 기법으로 그렸는지 파악하기 위해 보는 것이 아니듯. 나에겐 책도 그러했다.

책을 읽으며 내 속에서 다양한 감정이 문득 올라오는 순간이 좋다.

책을 읽으며 주인공의 마음이 내 마음과 같은 공명을 느끼는 순간이 좋다.

책을 읽으며 단숨에 순간 이동하여 다른 세상에 빠져드는 순간이 좋다.

책을 읽으며 단 한 문장이라도 내 마음에 꽂혀 되새김질하는 그 순간이 좋다.

이 순간들을 즐기며 읽는 책이 좋다.

술 먹고 듣는 노래는 더욱, 감성적이고 감미롭다. 술 먹고 보는 영화에 푹 빠져 한껏 진짜 사랑하고 나온 듯하다. 술 먹고 읽는 책은 문장 하나하나가 마음에 박힐 때가 많다. 그 문장 하나를 내 문장으로 만들어 글이 쓰고 싶어진다. 그 글이 모여 책이 되고 책을 통해 내 꿈을 이뤄가기도 한다.

술과 책과 글과 꿈처럼 술로 시작해서 꿈으로 끝나는 순간들이 나는 좋다.

역시나 술은 절대 빠질 수 없다.

3.

그녀가 쏘아 올린
비비드 드림

박지연

  나, 영은, 연경, 혜진. 우리가 처음 술잔을 기울이던 날을 각자 어떤 모습으로 기억할까.

  2021년 4월 말. 코로나 시국으로 가게마다 영업시간이 정해져 있었다. 저녁 9시, 10시, 11시, 수시로 바뀌었고, 길어야 자정을 넘기지 못했다. 4인, 6인, 8인으로 인원 제한마저 있었다. 까다로운 제약에도 불구하고, 자기 계발로만 만나던 우리가 모였다. 일주일에 한 번, 공부를 위해 만난 게 전부였는데 연경이가 쏘아 올린 한 통의 메시지가 정신을 흩뜨렸다.

  "이따 8시에 막창 먹으러 오실 분. 선착순 세 분만 모십니다."

나이와 상관없이 선생님이라는 호칭을 쓰던 우리는 코로나가 아니어도 자체적으로 거리를 두고 있었다. '막창'이란 단어에 동공이 커졌지만, 마음을 접었다. 건조한 사이라 만나도 어색할 듯했다. 저녁 식사를 마치고 뒷정리하는 중에 막창을 굽는 화면이 팝콘처럼 튀어 올랐다. 당장이라도 나가고 싶지만, 초저녁에 아이들을 두고 나간 적이 없어 다시 마음을 접었다. 단톡방에 알람이 울린다. 혜진이가 출발한다고 한다.

　'둘이 친했나? 술도 못 마시게 보이는데.' 복화술 하며 설거지에 집중했다. 또 알림이 울린다. 출발했다는 신호인가.

　'나도 갈 수 있겠는데. 지금 나가서 금방 먹고 10시까지만 들어오면 되잖아. 아이들을 재워야 한다고 하면 먼저 일어날 수 있을 거야.'

　머릿속으로 시간 계산을 마치고, 남편을 불렀다. 공부로 만난 선생님들이 같이 막창 먹자는데 나가도 되겠냐고. 친하지 않은 사이라, 10시 전에는 들어오겠다니 알겠다 한다. 번복할까 봐 얼른 택시를 불렀다. 늘 만나던 도서관이 아닌 술집으로 향하는 게 어색했다.

　집필 중인 개인 저서를 갈무리하느라 정신없던 영은이도 왔다. 야구모자를 눌러쓰고 들어오자마자 맥주와 소주로 폭탄주를 만들었다. 벌컥벌컥하더니 화통하게 잔을 내렸다. 다른 사람은 몰라도 너는 좀 마시겠거니 했는데 역시나 술 앞에서 낯가림이 없다. 뻘쭘하면 술 마시는 게 최고다. 다 같이 한 잔씩 따랐다. 근데 이 사람들 좀 이상하다. 막창 먹는 속도보다 마시는 속도가 빠르다. 한 잔이면 취할 것 같던 혜진이는 제대로 반전이다. 잔에 구멍이 났는지 부어도 부어도 사라진다. 연경이도 마찬가지다. 다들 술이 고팠나. 그때까지만 해도 나는 주로 맥주를 즐기던 터라 소주는 쓰고 폭탄주는 쓰라렸다. 섞어 마시면 두 발로 걸어 나가지 못할 것 같아 소주만 마시기로 했다. 초록색 병이 하나, 둘 늘어난다. 가게 사장님은 VIP 손님을 위해 김치냉장고에 넣어뒀던 소주를 꺼내 온다. 살얼음 제대로다. 와인도 아닌데 칠링 바스켓도 가져다준다. 묘하다. 분명 어색한 사이였는데. 원래부터 알고 지내던 술친구 같다. 영은이가 우리는 동갑이니 말까지 놓자고 한다. '후회할 텐데.' 생각하면서도, 훅 치고 들어오니 확 받아친다.

내 옆에는 연경이, 정면에는 영은이, 대각선에는 혜진이가 있다. 영은이의 연설이 시작된다. 읽지도 않은 『시크릿』 책 내용을 꺼낸다. '비비드 드림'을 믿는다고 한다. 한 번이 아니라 계속된다. 그만하라고도 못 하겠다. 나랑 연경이가 다른 대화를 나누는 동안에도 혜진이를 보며 일장 연설을 지속한다. 고개를 끄덕이던 혜진이의 반응이 조금씩 느려진다. 그러거나 말거나 나랑 연경이는 셀카 삼매경이다. 사진만 보면 세상 행복하다. 얼마 만에 이렇게 웃는 걸까. 맨정신도 아니고 취중에, 어색한 사람들 사이에서 잃어버린 표정을 찾았다.

다음 날, 다시 어색하다. 말을 반은 놓고, 반은 올린다. 책을 읽다 마는 것처럼 대화 끝이 찜찜하다. 동생인 연경이랑 혜진이는 정신 차려 보니 아닌가 보다. 언니들만 말 편하게 하고 지내라며 호칭 정리를 마무리했다.

석 달 뒤, 장마철 어느 날. 네 명이서 통영으로 여행을 갔다. 출발하기 며칠 전, 집에서 걸레질한 바닥에 미끄러지며 오른쪽 손목을 다쳤다. 반깁스를 한터라 왼손만 써야 했다. 갈지 말지 고민 끝에 출발하는 차에 몸을 실었다. 비가 내렸다. 갈수록 거세졌다. 차를 뚫고 들어올 거 같았다. 깁스한 채로 고속도로 위에 있는 내 꼴이 우스웠다. 영은이 손에 네 명의 목숨이 걸렸다. 뭐가 좋다고 토요일 아침부터 이러고 있는 건가. 수다에 지쳐 잠들고 나니 도착이다. 숙소에 들어가 짐을 풀었다. 근처 재래시장에 갔다. 통영시장에 파는 돔이 그렇게나 맛있다는 영은이 말에 돔, 광어, 우럭 및

각종 생선을 구분하지 못하는 나는 우산 쓰고 구경만 했다. 오만 원을 주고 횟감을 떠왔다. 리조트 식탁에 앉았다. 왼손으로 술잔은 잡겠는데 안주를 집을 수 없어 답답했다. 보다 못한 연경이가 쌈 싸주고 먹여줬다. 프로 수발러다. 나중에 어른 양육비로 청구하겠단다.

술이 들어가자 영은이의 두 번째 비비드 드림 연설이 시작됐다. 전보다 친해졌다고, 큰맘 먹고 그만하라는데 사뿐하게 무시했다. 그녀의 지론은 이랬다. 우리가 공동 집필 중인 책이 출간되고 나면 각자 개인 저서도 쓰란 말이었다. 본인도 비비드 드림으로 작가가 되었으니, 우리도 그러면 좋겠다 했다.

그게 끝이 아니었다. 다음 술자리, 또 다음 술자리에서도 이어졌다. 가랑비 젖듯 세뇌당한 걸까. 다음 날 깨고 나면 남는 대화라곤 이거뿐이었다.

그해 11월. 우리를 포함한 일곱 명의 이야기를 담은 책이 나왔다. 일 년 뒤, 2022년 10월 25일. 나의 첫 번째 개인 저서가 나왔고, 현재는 두 번째 저서를 갈무리하는 중이다. 술자리에서 안줏거리 삼아 말하던 우리의 추억이 담긴 글도 동시에 집필하며 올해 들어 가장 바쁜 나날을 보내고 있다.

처음 술잔을 기울이던 날부터 '비비드 드림'이 무의식 속에 침범했나 보다. 웃고 넘겼던 대답이 하나, 둘 현실로 들어왔다. 그녀가 외치는 꿈의 종착역은 어디일까. 그 답을 얻기 위해서라도 우리의 술자리는 계속되어야 하나 보다.

4.

그녀들의 선한 영향력

박지연

지연: "영은아. 우리 '네컷내컷'에서 사진 찍은 거 좀 보내봐봐."

영은: "인생네컷이겠지."

영은: "작가님, 지연이 블로그 인기 많아요. 그거 있잖아요. 파워포인트예요."

지연: "파워블로거겠지."

영은: "너네 아직도 수업 듣는 중이야?"

연경: "네. 지연 강의예요."

영은: "지연이가 강의한다고?"

영은: "원주에 거기 뭐 있잖아. 글 쓰는 어디."

지연: "박경리 문학관."

맨정신에도 이 지경인데, 단톡방에서는 오죽할까. 82년생인 나와 영은이가 유독 그렇다. 네 명이 동시다발로 메시지를 주고받아도 각자 유리한 메시지만 읽고, 저 나름대로 해석하며 딴소리 대잔치를 벌인다. 이 언니들 또 시작이라며, 역시 이럴 줄 알았다며 연경이와 혜진이가 일목요연하게 정리해준다. 처음 듣는 소리인 마냥 '아~'라는 추임새로 응답하면 동생들의 뒷골 잡는 모습이 보인다. 평소 행동을 보면 이해력, 문해력, 습득력 모두 부족해 보이지만 아이러니하게도 우리는 '작가'다.

작가가 된 후로 책과 관련한 여러 가지를 공부하고 있다. 다양한 분야의 독서를 시작으로, 서평을 쓰고, 관련 모임에도 참여한다. 올해 상반기에는 '자이언트 북 컨설팅'의 이은대 작가가 이끄는 라이팅 코치 양성 과정도 마쳤다. 수료한 후 얼마 지나지 않아, '우아한 B.살롱'의 이영화 대표와 통화할 일이 생겼다. 말이 나온 김에 첫 강의를 해보는 게 어떠냐는 의견이 나왔다. 다수의 라이팅 코치들이 온라인을 통해 특강의 닻을 올리는 것과 달리 오프라인에서 열리는 강의다. 장소제공도 감사한데, 참여할 인원도 직접 모집해 준다고 했다. 준비되지 않았다 여겼지만, 손을 내밀어주니 용기가 났다.

강의 당일, 장마로 인해 많은 비가 내렸다. 취소 없이 신청한 열 명이 전원 참석했다. 이 자리를 마련해 준 대표의 노고에 해를 끼치지 않으려 최선을 다해 준비했지만, 긴장하지 않을 수 없었다. 나의 떨림을 눈치 챈 영은이가, 1시간 거리의 빗길을 뚫고 응원하러 왔다. 연경이는 직접 마이크를 잡고 사회자로 나서 분위기를 편하게 이끌어 주었다.

2년 전 가을, 일곱 명이 집필한 책의 출간을 끝으로 쓰는 삶을 마무리할 수도 있었다. 술자리에서 끊임없이 비비드 드림을 외친 영은이가 없었더라면 지금처럼 글 쓰는 삶을 살게 되었을까. 그녀가 내게 그랬듯, 나도 다른 사람에게 선한 영향력을 끼치며 '기버(Giver)'의 자세로 살고 싶다.

한 살 동생이지만 언니 같은 연경이는 내가 해이해질 때마다 다잡아 준다. 네이밍 요정이기도 한 그녀의 머릿속은 반짝이는 아이디어로 넘친다. 강력한 한 방이 있는 이름을 지어야 할 때마다 자판기처럼 뚝딱 내뱉는다. 개인 저서 출간을 앞두고 어떤 제목을 지을지 몇 날 며칠 머리를 쥐어짰다. 희뿌옇기만 하던 고민을 '신호등 육아'라는 단어 조합으로 해결했다. 두 아들을 키우면서 웃는 날보다 우울한 날이 많았고, 다정한 날보다 화내는 날이 많았고, 활기찬 날보다 무기력한 날이 많았던 지난날과 딱 들어맞는 제목이었다. 그 외에도 '소믈리연의 사방팔방 글 이야기'라는 블로그 명, '이 집이 에세이 맛집'이라는 출간 축하 현수막, '이조합 꿀조합'이라는 우리 모임 이름까지. 그녀만의 특기를 무한대로 발현하고 있다.

라이팅 코치로의 출발을 함께 한 혜진이는 올빼미 같은 삶을 살던, 내 하루의 밀도를 바꿔주었다. 2년 전부터 미라클 모닝을 실천하고 있던 그녀를 볼 때마다 내 삶의 일부가 될 거란 생각은 하지 않았다. 언제부턴가 언니도 해보라고 설득하기 시작했다. 예의상 '그래 볼까?' 한마디 했을 뿐인데, 일어나자마자 '굿모닝' 메시지를 보내왔다. 응답 여부에 상관없이 꾸준히 기상 알림을 보내니 미안한 마음이 눈덩이처럼 커졌다.

"내일은 꼭 일어나볼게." 두 달째 같은 대답을 보냈다. 일찍 일어나는 삶을 꾸준히 보여준 덕분일까. 무의식중에 끊임없이 자극

받은 덕분일까. 두 달이 지나며 본격적으로 시동을 걸었다. 여러 번의 작심삼일을 거쳤고, 관련 모임에도 참석하고, 인증을 남기며 이른 기상이 일상으로 자리 잡았지만, 시작과 과정에는 그녀가 있었다.

환한 대낮의 대화법만 보면 오합지졸 못지않은 우리지만 각자의 일을 할 때만큼은 긴장과 집중을 모으며 프로가 된다. 같은 목적을 가지고 일할 때는 내외적으로 동기를 주고받으며 든든한 지원자와 구원자가 되길 자청한다. 새로운 일에 도전하고 싶을 때, 어떤 일을 앞두고 망설일 때, 고민이 있을 때, 습관처럼 그녀들을 찾는다. 좋은 소리 쓴소리 가리지 않고 조언과 격려해 주는 그녀들의 선한 영향력 덕분에 나의 앞날은 햇살로만 가득하다.

5.

다시,
비비드 드림

이혜진

"어떻게 2년 동안 같이 술 마실 생각을 안 했지?"

21년 4월, 깡이네 막창. 포장마차 느낌이 나는 가게 앞에서 만나기로 했다. 먼저 도착한 연경 언니와 안으로 들어갔다. 파쇄석이 깔린 바닥과 원형 테이블. 바깥에는 세 팀이 있었고 실내에는 손님이 없었다. 코로나가 걱정되니 안에 자리 잡았다. 테이블 두 개를 붙여놓은 곳은 세 면이 벽이었다. 문이 없어 답답하지도 않았고 우리에게 집중할 수 있는 자리였다. 야외를 선호하는데, 이날만큼은 실내가 좋았다. 코로나에 신경 쓰지 않고 놀 수 있으니까. 또 그렇게 떠들 일은 없다고 믿었다. 만약 포차 감성을 느끼려고 야외에서 먹었다간 옆 테이블에서 시끄럽다는 이야기를 여러 차례 들었을지도 모르겠다.

2년 만에 처음 갖는 자리다. 그동안 하브루타 수업을 들었고 자격증도 취득했다. 수업이나 스터디가 끝나면 간혹 밥 먹을 때도 있었다. 차만 마셨지 술은 처음이다. 영은 언니와 연경 언니는 어떻게 아는 사이인지 또 언니들의 나이도 정확히 몰랐었다. 이날부터 언니, 동생으로 편하게 부르기로 했다.

'이 언니들과 가끔 술을 마실 수도 있겠다.'라는 생각이 든 건 직원이 소주를 갖다줄 때 반응을 보고서였다. 식당 셀프 코너에 가면 스테인리스로 된 깊은 반찬통이 있다. 이 통에 얼음을 반 가까이 부어 소주를 꽂아 주었다.

개인적으로 소주, 맥주, 막걸리, 동동주는 시원해야 맛있다고 생각하는 사람이다. 막창을 굽고 있는 불판 옆에 병을 두면 소주가 조금씩 데워진다. 미지근한 소주에는 손이 안 간다. 버리든 마시든 빨리 비우고 시원한 소주를 먹고 싶다. 잔 부딪히기 직전에 얼음물에 담긴 소주병 꺼내 술잔에 따라 마신다. 살얼음이 낀 소주를 봐도 좋으나, 병을 비울 때까지 시원하게 마실 수 있는 건 더 사랑한다.

네 명은 얼음과 소주병을 보고선 "와~"라며 소리를 지른다. 직

원에게 박수를 보냈다. '이 맛을 아는 사람들과 같이 보내고 있다니. 다음에도 또 마시겠다.'

먼저 알고 있던 영은 언니와 연경 언니 덕분에 분위기가 어색하지 않았다. 2년 동안 얼굴은 봐 왔지만 술 마시는 자리에서 만나는 게 처음인 나는 조금 낯을 가렸다. 더 정확히는 술 마시는 모습을 어디까지 보여줘야 할지 결정 내리지 못했다. 새침하고 분위기 있게 생긴 지연 언니가 한 잔 마실 때마다 같이 마셨다. 인당 한 병은 마신 후, 둘씩 대화 나누기도 했다. 한 삼십 분 들었으려나.

"혜진아, 너 비비드 드림 알지? 생생하게 꿈꿔야 한다. 언니는 애들이랑 연말이나 연초에 비전 보드 만들잖아. 지나고 보면 그거 다 이뤘다!"

비비드 드림, 오랜만에 들어보는 단어이다. 스물두세 살일 때인 걸로 기억한다. 『시크릿』 책과 문구가 적힌 카드를 구매했다. 마음에 드는 글이 적힌 카드 한 장을 골라 지갑 안에 넣어 다녔다. 잘 보이는 자리에 두었다. 적어도 하루에 한 번은 꺼내 읽었다. 대학교 4학년 때는 시험과 숙제 그리고 자격시험까지 스무 개를 이 주 안에 마쳐야 했다. 모든 과목 A 이상 받았고, 자격증 한 번 만에 통과했다. 문구가 적힌 카드 덕분에 공부하고 끝까지 할 수 있었다고 믿었다. 꺼내 읽어 볼 때마다 마음잡을 수 있게 도와줬기 때문이다.

졸업 후 직장 다니면서 돈 쓸 일이 많지 않았다. 기숙사에서 지냈고, 회사에서 세 끼 모두 제공했다. 사무직이지만 전체 직원이 작업복 입고 다녔다. 지갑 열어볼 일이 없어 카드를 예전처럼 자주 보지 않았다. 퇴근 후 강의 듣고 공부하는 날도 있었는데 다른 사람들처럼 놀고, 쉬고 싶은 마음이 들 때만 꺼내 읽었다.

직장 그만두고 남미 여행 다녀온 후부터는 시크릿 카드를 완전히 잊어버렸다. 목표한 금액에서 일천만 원 부족했지만 이십 대에 꽤 많은 돈을 모아 본 적이 있다. 여행하며 반 이상 썼으나 다시 모을 수 있다는 확신이 있었다. 마음속에 간직하고만 있던 남미 여행도 다녀온 이후여서 내 삶에 만족하며 지냈던 때이다. 그때 지갑에서 시크릿 카드를 꺼내, 남은 카드가 모인 통에 넣어버렸다.

언니의 비비드 드림, 시크릿 이야기를 듣고 있으니 대학 시절부터 약 오 년간 꿈꾸고 노력했던 그 시절이 떠올랐다. 집에 돌아온 이후도 계속 맴돌았다. 지금은 왜 그때처럼 열정이 없을까? 지갑에서 카드를 뺀 이후부터 칠 년 동안의 행동이 지금의 나라는 결론이 나왔다. 만족하지 못하는 나는 과연 지난 시간 동안 무엇을 했는지 생각할수록 답답했다. 이직을 준비할 때는 원서 낸다는 핑계로, 일을 시작한 이후에는 정리가 안 된 일 뒷수습하고 체계를 만들어가야 한다는 이유로 정신없었다. 결혼 후에는 워킹맘, 휴직 후에는 아이 본다며 내 꿈 계획하고 노력한 적 없었다. 최근 하브루타를 공부하고 일도 시작했으니 장기 계획, 구체적인 목표를 설정해야겠다고 다짐했다. 그 후로 다시 어떻게 살 것인지, 무엇을 좋아하는지 계속 질문했다. 하브루타로 시작해 지금은 글을 쓰고 있다. 영은 언니 덕분에 작가가 되었다. 삶의 방향을 결정하고 선택해야 하는 순간을 만날 때면 비비드 드림을 생각하며 질문한다. 나는 어떻게 살아가야 하는지. 어떤 모습을 바라는지.

단순히 엄마들이 밤에 모여 술 마시고 수다 떠는 노는 모임이 아니다. 첫 만남에서 비비드 드림을 들었다. 만날 때마다 사람과의 관계에서는 어떻게 하면 좋을지, 육아와 살림, 남편 이야기하며 나보다 먼저 겪은 이야기를 듣는다. 서로에게 의견 묻기도 하고 조언하기도 한다. 이 책을 쓰기로 한 것도 술 마시며 나눈 이야기 덕분이다. 얼음에 둘러싸인 소주병을 보고 환호했으나 술과 함께하는 건설적인 모임이다.

삼십 분 넘게 일대일로 이야기해 준 영은 언니가 있어 다시 비비드 드림을 떠올리고, 밝은 에너지를 배운다. 지연 언니의 머뭇거리지 않는 행동력에 생각만 하던 내가 몸 먼저 움직일 때가 있다. 물어보면 구글이나 네이버에서 바로 찾기 힘든 정보를 알려주는 연경 언니 덕분에 소소한 팁을 배운다. 그녀처럼 나만의 노하우를 쌓아가고 정리해야겠다는 마음이 생겼다. 술을 통해 더 가까워진 우리는, 말과 행동으로 서로에게 영향을 미친다. 술자리를 가질 때마다 비비드 드림을 듣는다. 꿈꾸고, 바라고, 간절히 원하고, 기다리지 않는다. 각자의 자리에서 할 일 한다. 여자 네 명이 모여 질투 없이 보내는 이 자리, 술 한잔하며 서로의 꿈을 응원하는 자리라서 좋다. 지금까지는 우리 네 명에게만 영향을 미쳤다. 이제, '이 조합 꿀 조합' 외에 다른 사람에게 전하고 응원할 일이 남았다.

6.

글쓰데이 벨리따

이혜진

　퇴사했다. 다시 일 시작한다. 회사원이 아니다. 1인 기업이다. 그냥 할 수 없다. 개인 브랜딩이 중요한 시대라고 한다. 이름부터 아무렇게나 지을 수 없다. 하는 일, 명확하게 드러나야 한다. 특색이 있어야 한다. 한 번 듣고 기억 속에 남아야 한다. 짧아도 길어도 안 된다. 이 모든 걸 고려해 겨우 하나 만들어 주위에 물어보면 좋다는 의견이 반, 별로라는 목소리가 반이다. 다시 새로운 아이디어를 떠올려 보거나 이미 나온 것 중 선택한다. 직장생활을 할 때는 이런 고민하지 않아도 됐었는데 혼자 일하니 이름 정하는 단계부터 쉽지 않다.

최근 삼 년 동안 이름을 많이 지었다. 그렇게 만든 이름 중 기억나지 않는 것도 있고, 지금도 부르는 말이 있다. 이름 짓기에 아이디어를 떠올리면서 나의 선택을 받은 세 개에 대해 적어보려 한다. 기본적으로 영어 이름 벨리따를 사용했다. 한글 이름은 동명이인이 많아 흔하지 않은 영어 이름을 쓰고 있다.

하나는 블로그의 닉네임이다. 엄마이지만 맘이라는 단어를 쓰고 싶지는 않았다. 하브루타와 마인드맵 수업하는 강사에게 남매 맘이라는 단어는 수업과는 전혀 상관이 없었으니까. 마인드맵에 좀 더 중점을 두기로 하고 '마인드맵 벨리따쌤'이라고 지었다. 자신이 수업하고 있는 과목, 이름 그리고 쌤을 붙여 이름을 짓고 있어 나도 따라 했다.

또 하나는 네이버 스마트 스토어 이름을 정할 때였다. 첫 번째 개인 저서가 나온 뒤였고 내 책을 판매하고 시간 관리 강의를 상품으로 등록할 계획이었다. 작가, 책과 관련한 이름이면 좋겠다는 생각에 고민하던 중 최인아 책방이 생각났다. 책 판매도 하고 강의도 열리는 곳이기 때문이다. 이름만 바꿔 '벨리따 책방'으로 등록했다.

마지막 하나는 라이팅 코치를 시작하며 지은 이름이다. 작가와 코치를 포괄하는 이름이길 바랐다. 이전과는 다르게 툭 하고 나오지 않았다. 책, 강의, 간판, 자막 등을 보며 글 쓰는 행위와 연결하여 만들었으나 마음에 확 와닿지 않았다. 3월부터 고민을 시작했으나 6월 책 쓰기 무료 특강을 진행할 때까지도 정하지 못했다. 글을 쓰는 일보다도 더 어려웠다. 일상에서 찾아보려 했으나 마음에 쏙 들지 않은 이름은 이번 책의 초고를 쓰면서 힌트를 얻었다. 초고를 쓸 때 정한 챕터 제목이 좋은데이였다. 여기에서 아이디어를 얻어 '글쓴데이 벨리따'로 정했다.

마지막 이름이 마음에 들었던 세 가지 이유가 있다.

첫 번째 이유는 좋아하는 술에서 실마리를 얻어서였기 때문이다. 일상에서 찾으려고 무엇을 보든 글 쓰는 일과 연결해 보려 했다. 술은 그렇게 마시면서 마실 때는 노는 일에만 집중했다. 초고를 쓰고 있으니 술과 관련된 에피소드를 떠올리고 있었다. 챕터 제목을 보고 있다가 좋은데이에서 글자만 바꾸고 싶은 마음이 들었다. '술 이름에서 따온 나의 이름, 괜찮을까? 술 마시는 사람이라면 좋은데이가 먼저 떠오르지 않을까? 작가, 글쓰기 코치라는 이미지를 생각하면 안 쓰는 게 더 나을지도.' 버리지도 못하고 몇 날을 가지고 있었다. 다른 이름이 떠오르면 그때 판단해야지. 마음이 기울어서인지 생각나지도 않았다.

이 이름이 마음에 드는 두 번째 이유는 경상도 사투리가 들어가 있기 때문이다. 지금은 강원도에 살지만 고향이며 삼십 년 넘게 산 곳이 바로 대구이다. 경상도에서는 간데이, 한데이, 먹는데이라는 말을 쓴다. 일 년 반 넘게 원주에 살고 있으나 말투는 바뀌지 않았다. 강의할 때도 굳이 표준어 쓰려고 노력하지 않는다. 어색하기 때문이다. 대구 억양을 그대로 살릴 수 있고 글을 쓴다는 의미인 '글쓴데이'라는 이름이 괜찮아 보였다. 글 쓰는 사람이라는 정체성이 나타나고, 글자 수가 길지 않아 마음에 들었다.

세 번째 이유는 매일 글을 쓴다는 의미를 담고 있기 때문이다. 글쓴DAY. 정확한 영어 표현은 아니라 고민되긴 했다. day에 접미사 ly를 붙여 매일 글을 쓰는 사람이라고 정확한 영어 단어를 쓰면 좋겠지만 완벽하게까지 고려하고 싶지 않았다. 확정하고 나서 지은 이름에 걸맞게 앞으로도 매일 글을 쓰자고 다짐한다. 글을 쓰는 모습을 보여줄 수 있다. 나만의 노하우를 강의에 담을 수도 있다.

『정민 선생님이 들려주는 고전 독서법』에는 '책 아닌 것이 없다.'라는 글이 있다. 우리가 독서를 하는 이유는 작가의 인생을 통해 배우고 깨닫고 내 삶을 좋아지게 만들기 위함이다. 책의 내용에서는 독서 외에 자연, 동식물, 주위 사람, 사물 등 모든 것에서 배울 수 있다고 한다. 그러려면 관심을 기울이고 관찰을 해야 한다. 작명도 마찬가지이지 않을까. 지나치고 있는 소소한 일상을 시간 들여 관찰하고 생각하고 비틀어보면 문제 해결에 도움 될 수 있다. 나의 분야에서만 한정 지어 찾으려 하지 말고, 보고 듣고 경험하는 일 모든 것에서 힌트를 얻을 수 있다. 마인드맵 벨리따쌤도, 벨리따 책방도, 글쓴데이 벨리따도 모두 찾아보고, 경험하고, 좋아하는 것에서부터 시작했다. 글쓴데이의 시작은 술이었지만 나를 나타낼 수 있는 의미까지 부여할 수 있다면 꽤 괜찮지 않을까? 술이라는 단어, 이미지가 드러난다고 이를 부끄럽게 생각한다면 처음부터 사용하지 않는 편이 낫다. 오히려 당당하게 쓰면 술 이미지가 약해질 수 있다고 믿는다.

엄마가 되고 난 후, 기존의 일과 다른 일을 준비 중이라면, 또 이름 때문에 고민이라면 주위에서 찾아보면 어떨까. 창조성은 새로운 것을 만들어 내는 것이 아니라 기존의 것을 융합하는 것이니까. 이미 있는, 사람들이 많이 알고 있는, 내 주위에서 흔히 볼 수 있는 것과 연결하면 좀 더 쉽다. 닮고 싶은 사람을 따라 정해도 좋다.

술 이름에서 힌트를 얻었다. 망설이기도 했지만 당당하게 쓰기로 했다. 그럴듯한 의미도 부여했다. 더 예쁘다. 이렇게 만든 이름, 마음에 든다. 이제부터 시작이다.

7.

그대와 나에게 보내는 대답

성연경

술자리에 갈 땐 최소한의 짐만 챙긴다. 혹시나 발생할 분실에 대비해서다. 요즘은 핸드폰 결제가 되니 가방도 챙기지 않는다. 호주머니에 비상금 2만 원과 핸드폰만 들고 집을 나선다.

오늘은 달랐다. 가방이 무겁다. 책이 가득하다. 술집에서 독서할 것도 아니고, 무슨 책을 이고 지고 가는가.

2년 전 하브루타를 함께 공부한 선생님들과 집필한 공저를 출간하고 얼마 후, 영은 언니가 글쓰기 수업을 추천했다. 이왕 쓰기 시작한 거, 감을 잃지 말고 글쓰기 전문 작가님 수업을 들으며 개인저서를 준비해 보라 권했다. 툭 치면 나오는 비비드 드림 레퍼토리와 함께 글을 쓰며 변화된 이야기에 마음이 동요되었다. 당장은 개인 저서를 쓸 용기도 의지도 없다며 손사래를 쳤지만, 언니가 입이 닳도록 추천하는 작가님의 수업이 궁금해 등록했다. 그때부터 지금까지 수업을 듣고 있다.

함께 시작한 지연 언니와 혜진이는 개인 저서를 출간하고 라이팅 코치라는 글쓰기 코칭 전문가 과정까지 수료했다. 이제 글 쓰는 삶뿐만 아니라 글쓰기를 가르치는 인생을 계획하고 있다.

그녀들의 책이다. 영은 언니는 첫 번째 책의 개정판이 나왔고, 지연 언니와 혜진이는 얼마 전 출간한 따끈따끈한 공저 책들이다. 출간을 축하하는 기쁜 마음으로 저자 사인을 받으려 가방 가득 책을 안고 간다.

"아이고, 무거워라. 다음부터 책 출간할 거면 날짜를 상의해서 따로 내던지, 나한테 도서 지원금을 주던 지 해라. 한꺼번에 이러지 마라. 정말."

나의 넋두리의 본심은 격한 축하라는 것을 그녀들은 안다.

주변에서 이야기한다.

"책 안 써?", "같이 시작했는데 왜 안 해?", "다른 사람들은 출간하는데 괜찮아?"

대답한다.

"응, 안 해.", "언젠가 하겠지.", "안 괜찮을 게 뭐야."

생각한다. 왜 쓰지 않는가. 안 쓰는 것인가, 못 쓰는 것인가. 안 써서 못 쓰는 것인가, 못 써서 안 쓰는 것인가. 왜 써야 하는가. 꼭 써야 하나. 지금 쓰지 않으면 안 되나.

글쓰기 수업 중에 작가님이 자주 언급하는 것처럼 게을러서 못 쓰는 것인가. 게으름이 원인인 것은 인정하는 부분이다. 그래서 아무것도 하지 않았나. 열심히 살지 않나. 꼬리에 꼬리를 무는 질문, 글을 쓰지 않으면 끝나지 않을 질문은 그만하기로 했다.

글을 쓰지 않았을 뿐 멈춰 있지 않았다. 아내이자 엄마, 며느리, 딸의 자리에서 열심히 달렸다. 북 큐레이터 공부를 시작해 다양한 자격증을 취득했고 여러 기관에 이력서를 제출해 수업을 진행했다. 그림책 관련 연구에도 빠지지 않고 참여 중이다. 무엇보다 글쓰기 수업을 꾸준히 듣고 있다. 다른 사람과 비교해 나의 노력 가치를 떨어뜨리고 싶지 않다. 같은 시간 다른 길을 갔을 뿐이다. 자기 계발을 멈추지 않았고, 수익 창출에 힘썼다. 고정 수입을 위한 방안을 모색 중이며, 역량 강화에 집중하고 있다.

우리는 각자의 자리에서 자기의 역량껏 최선을 다하며 살아가고 있다. 영은 언니는 대학원을 다니며 전문 경영인을 준비한다. 이미 사업체도 운영하고 있으며 목표한 성과를 내고 있다. 부모 교육 강의와 유튜브를 통해 교육정보를 나누며 출간 저서와 관련된 활동도 놓치지 않는다. 그녀의 비비드 드림은 언제나 현재진행형이다. 지연 언니는 하브루타 강사로 아이들을 만나고, 글쓰기 코치로 강의를 진행하며, 티소믈리에로 빈틈없는 시간을 보내면서 자기관리까지 철저히 한다. 혜진이는 글쓰기 코치로 활동하고 있고 정확한 시간 관리와 누구도 따라갈 수 없는 꾸준함으로 자신의 가치를 높이고 개인 저서, 전자책, 공저를 출간하며 무엇 하나 소홀함이 없다.

나의 걸음만 느린가. 출발점이 같았는데 그들의 뒷모습만 바라보게 될지 걱정된 적이 있다. 그들이 이루는 성취가 대단해 보이고 홀로 정체된 것 같았다. 내가 추구하는 것이 과연 비전이 있는 것인가 회의감이 들고 답답했다. 그런 마음이 들면 그들의 노력을 더 자세히 들여다보았다. 나는 하고 있지 않은 그들의 노력과 꾸준함을 배우고 나에게 부족한 긍정을 채웠다. 그리고 상대의 성공을 시샘하지 않으며 실패를 발판 삼지 않는 응원을 받았다. 목표가 다르니 가는 길이 다르고 속도도 다를 뿐이었다. 똑같은 삶은 없다. 대신 살아 줄 수도 없지만 있다고 해도 복사한 듯 같을 순 없다. 비교되어야 할 인생도 없다. 어느 것이 더 낫다며 점수를 매길 수 없다. 각자의 목표와 소신으로 삶을 설계하고 갈 길을 간다. 다만 우리는 그 길을 함께 가는 동반자로서 서로를 응원하고 성장을 진심으로 축하하며 필요할 땐 자신의 달란트를 아낌없이 나눈다.

8.

덕분에 한 걸음 더
나아갑니다

성연경

할 이야기가 있다고 한다. 급하다면서 기다릴 테니 천천히 오란
다. 무슨 말이야. 우리가 평소에 잘 쓰는 수법이다. 한잔하고 싶
은데 나오지 않을 것 같을 때 하는 얘기다. 기분 전환이 필요한 듯
심각하게 이야기하면 십중팔구 나온다. 장소가 좋아하는 맥줏집
이다. 속는 줄 알지만, 시원한 생맥주가 마시고 싶다는 합리화를
하면서 나선다.

늘 앉는 자리에 영은 언니와 지연 언니가 앉아 택시에서 내리는
나를 향해 격하게 손을 흔들며 반갑게 맞아준다.

"무슨 일이에요? 빨리 말해봐요."

"오자마자 왜 그러냐. 일단 한잔해."

내 몫의 안주와 술은 이미 준비되어 있다. 이럴 줄 알았다며 투덜거리며 잔을 든다.

"아니야. 진짜 할 이야기가 있어. 잘 들어봐."

공동 저서를 쓰자고 한다. "예에?" 눈이 동그래지고 미간에 주름이 생긴 나에게 인상 펴라며 신나는 일이라고 한다. 한 차례 공저에 참여한 적이 있었고, 언제가 될지 모르지만 개인 저서를 내겠다는 목표로 글쓰기 강의도 듣고 있다. 영은 언니의 권유로 지연 언니와 혜진이와 함께 글쓰기 강의를 등록할 때부터 나오던 이야기다. 영은 언니의 그놈의 비비드 드림에 포함된 사항이다. 아무도 동의하지 않았으나 영은 언니의 Dream Comes True다. 그리고 '말하면 이루어진다'를 몸소 실천한다며 술자리에서 자주 거론한다.

"우리 책 쓰자. 언제 쓸래? 재미있겠다." 입버릇처럼 하는 이야기라 흘려들었다.

"연경이 책 쓰고 나면 할까?" 내 책을 언제 쓴다는 기약이 없었으니 "네. 그때 생각해 봐요." 하며 대수롭지 않게 넘겼다.

이번만큼은 뭔가 다르다. 영은 언니와 지연 언니가 주고받는 눈빛도 심상치 않다. 드물게 진지하다.

"잘 들어봐."

뭔가 불안하다. 본능적으로 듣지 않아야 한다는 걸 감지했다.

"몰라, 몰라. 술이나 마셔요. 혜진이 강원도에서 오면 다 같이 있을 때 이야기해요."

자리에 없는 혜진이 핑계를 대며 시간을 끌 작정이었다.

"혜진이랑 전화로 이야기 다 했는데…."

눈앞이 캄캄하다. 내가 고사할 거라는 것을 예상한 그녀들은 자기들끼리 먼저 계획을 짜놓은 모양이었다. 핑계를 찾았다. 방법은 하나다.

"나 개인 저서 쓸 거예요. 공저 쓸 시간 없어. 못해, 못해." 계획에도 없는 아무 말이나 던진다.

"이야~ 더 잘됐네. 글도 쓸 때 몰아서 써야 술술 잘 나와."

언니들이 져주지 않는다. 다른 때엔 말로 밀리지 않았는데 빠져나갈 구멍이 없다. 아무 말도 하지 않았다. 무응답은 긍정의 의미가 있다고 누가 그랬나?

"알았어. 있어 봐. 언니들이 알아서 할게."

이 사람들 작정하더니 일사천리다. 글쓰기 강의를 듣고 있는 작가님에게 컨설팅을 의뢰하고 콘셉트를 의논했다. 진행 일정이 나왔다며 모이자고 한다. 혜진이가 강원도에서 왔다. 언니들 장단에 이렇게 저항 없이 춤출 거냐고 투덜거리자, 혜진이가 말했다.

"재미있잖아요."

유행하는 이경영 배우의 밈에 나오는 대사가 생각났다.

"재미있네. 진행 시켜!"

일이야 어찌 되었든 혜진이가 강원도에서 대구까지 왔고, 모였으니 마신다. 2년이 넘도록 함께 술자리를 하며 나눴던 진취적인 이야기들, 계획했던 일들, 성과를 낸 것들에 대해 곱씹으며 우리의 이야기가 책으로 나와 어떤 이에게는 즐거움을, 누군가에게는 희망을 주면 좋겠다며 포부가 거창해진다.

분위기를 깨며 다시 한번 투정 부려본다.

"당신들은 전부 글 쓰는 삶을 살고 있지만, 나는 말하는 삶을 살고 있잖아. 아~ 몰라, 몰라."

돌아오는 건 웃음뿐이다. 답답해 들이켠 술이 쓰다.

정신을 차리고 보니 초고 마감 기한이다. 머릿속도 원고도 하얀 백지다. 뭘 써야 할지 갈피도 못 잡았다. 아무리 생각해도 모르겠다며 괜히 단톡방에 투덜거린다.

"나 찾지 마라. 잠적할 거야."

돌아오는 건 웃는 이모티콘과 '화이팅'이다. 어떤 잔소리보다 더 정신이 번쩍 들게 한다. 그냥 믿는 걸까? 나를 뭘 보고? 투정 부린 내 모습이 부끄러워 얼굴이 화끈거린다. 자기 앞길 헤쳐 가기도 바쁘고 힘든 세상인데 같이 해보자며 제안하고, 함께 하자며 손잡아 이끌어 준다는 게 쉽지 않은 일인 것을 안다. 고마운 일이다. 주변에 어떤 사람들과 함께하느냐에 따라 삶의 질이 달라진다. 그녀들을 통해서 응원과 칭찬의 효과를 배우고 긍정의 힘을 체감했다. 본인과 더불어 타인의 성장까지 돕고자 하는 의지를 가진 그녀들로 인해 좋은 사람이 되고 싶은 욕구가 생긴다. 나를 향한 믿음에 부응하기 위해 컴퓨터 앞에 앉는다. 낯간지러운 고마움을 표현하는 대신 쓴다. '당신들 때문에 쓴다'가 아니라 '당신들 덕분에 썼다'가 되도록 손가락을 쉼 없이 움직인다. 나와 더불어 내 주변의 성장과 긍정 에너지를 위해 오늘도 나아간다. 나도 더 좋은 사람이 되기 위해서.

마치는 글

이영은

처음 우리들의 초고를 취합하고 눈물 나도록 웃었다. 역시 하길 잘했다는 생각이 들었다. 글을 쓰며 이토록 웃을 수 있어 감사했다. 집필하는 동안 묵직했던 마음이 조금은 가벼워졌다. 좋은사람들과 술자리도 마찬가지이다. 살아가며 느끼는 답답함과 고됨이 때로는 가벼워지고 만만해지기도 한다.

육아 퇴근하고 마시는 맥주 한 캔에 육아의 스트레스를 날려 보내기도 했다. 가벼워진 마음으로 나만의 육아 철학을 다져가는 시간이 되었다. 강사, 학생, 일하는 엄마로 빡빡한 하루를 마무리하고 마시는 한 잔의 술로 힘에 부치기도 하지만 잘 해가고 있다며 스스로 다독이기도 했다.

이 책을 읽는 독자들도 나와 같은 마음이면 하는 바람이다. 우리의 이야기를 보며 독자들의 추억이 떠올랐으면 좋겠다. 맥주 한 캔 마시며 가벼운 마음으로 책을 읽고 그 끝엔 위로와 공감 그리고 힘이 되길 바라본다.

마지막으로 박지연, 성연경, 이혜진 작가와 함께 글을 쓰고 나눌 수 있어 감사했다. 이들 덕분에 다시 글을 쓸 수 있는 용기를 얻었다. 앞으로도 우리의 화끈한 술자리를 기대해본다.

박지연

2022년 9월에 출시된 '새로' 소주가, 7개월 만에 누적 판매 1억 병을 돌파했다는 기사를 읽으며 그 수치에 일조 해온 지난날이 떠올랐다. 맥주 광고모델은 엄마들이 해야 한다는 기사에는 언제나 격하게 공감을 표시한다.

자유로운 영혼으로 살다가, 가정이라는 새로운 울타리가 생겼다. 내 삶의 중심에 있던 나와 한 발짝 떨어져 있다가도, 술잔을 들이켜는 밤이 되면 가까워졌다. 맥주 한 캔이 유일한 사치이자 호사였다.

그녀들을 만났다. 술만 마시는 게 아니라, 영양분도 마신다. 얼큰하게 웃고 떠들어댄 다음 날이면 새로운 고민에 잠긴다. 그 고민은 구체적인 형상을 그린다. 그 형상은 실행의 원동력이 된다. 하나, 둘. 새로운 것에 도전했다.

대외적으로 가까워진 이유는 비슷한 공부를 하고, 비슷한 성향을 지니고, 비슷한 육아 철학이라고 말하지만, '술'이라는 매개체가 결정타였음을 부정하지 않는다. 각자 목표한 삶을 향해 정진할 수 있도록 격려와 응원을 아끼지 않으며, 그녀들에게서 받은 영향력을 가늘고 길게 오랫동안 돌려주고자 한다.

이혜진

결국 썼다. 술을 주제로 한 책을 피하고 싶지는 않았다. 우리 이야기를 엮은 책이 나온다는 상상을 하니 한 명의 독자가 신경 쓰였다. 개인 저서 초고를 쓸 때, 시어머니는 책을 읽기 시작했다. 이 책이 나오면 며느리가 술을 좋아하는 차원을 넘어 사랑하고,

많이 마시고, 다양하게 접하는 사실을 확인하게 된다. 술자리의 일을 그대로 담더라도 끝은 아름답게 장식하고 싶었다. 괜찮아 보이게 억지로 꾸몄다. 유쾌 발랄한 술자리와는 달리 내 글은 무거웠다. 한 명의 독자가 아니라 우리처럼 술 좋아하는, 술에 진심인 사람을 떠올리며 고쳐 썼다.

사람들이 나를 보면, 술 못 마시게 생겼다고 생각한다. 말없이 마시고, 마셔도 빨개지지 않는 얼굴에 다시 나를 본다. 술을 마신 처음부터 살아온 지금까지, 내 인생에서 술을 빼놓고 말할 수 없다. 한 여자의 술에 관한 이야기를 통해 독자가 가져갔으면 하는 세 가지가 있다. 하나는 내가 마시는 술을 통해 '배움'이 있다는 것이다. 술 마시는 게 마냥 나쁘지는 않으니 즐겁게, 할 일 하고 마시면서 본인 삶의 의미와 가치를 발견할 수 있길 바라본다. 또 하나는 나의 '술친구', 희노애락이 담긴 '추억'이 떠오르면 좋겠다. 술이라는 에피소드로 술술 읽히게 쓰려 했다. 술이라고 해서 가벼운 내용만 담지는 않았다. 힘들다고 느낄 때면 함께했던 사람과 시간을 떠올리며 버틸 힘을 내고 웃을 수 있으면 좋겠다. 마지막은 '꿈'이다. 술국만 마시지 말고, 술꾼 아니면 된다. 술도 마시며 의미 있는 인생 만들어가길 바란다.

책 쓰기 기획을 위해 한잔, 초고 마무리했다고 만나고, 퇴고 후 마시고, 투고 회의 핑계로 모였다. 건수 만들기가 특기인 우리는 기회를 놓치지 않았다. 책을 쓰기 위해 만나는 건지, 술을 마시기 위해 책을 쓰는 건지 모를 두 달이 지났다. 술 이야기 술술 써보자던 마음과 달리 술은 거침없이 마셔도 글은 줄줄 써지지 않는 역경의 시간이 거듭되었다. 예쁘게 포장하고 싶었다. 모두 다 내보이기 부끄러워 좋은 것만 쓰고 싶었다. 아무리 다듬어도 고상하게 술 마시며 글도 쓰는 여자들 이야기는 우리가 아니었다. 가면을 내려놓고 겉치레를 벗어던지니 진정으로 즐거웠던 우리를 담아낼 수 있었다. 술을 마시며 이겨냈던 순간들을 추억했다. 술과 함께 행복했던 지난날을 기록할 수 있어 즐거웠다. 우리의 이야기가 책이 되었다. 누군가에게는 즐거움을 안겨주고 어떤 이에게는 위로가 되길 바라는 큰 꿈을 꾼다.

오늘도 함께 술잔을 부딪친다. 책을 쓰지 않아도 마셨을 술을 이제는 더 당당하게 마신다. 비워지는 술병만큼 우리의 이야깃거리도 무한정이다. 벌써 다음 공동저서에 대한 비비드 드림이 시작되었다. 술 마시며 이뤄갈 꿈이라면 못할 게 없다는 엉뚱한 소리를 하며 또 하나의 추억 거리가 늘어났다. 함께 하는 이 순간이 행복하다.

순탄하지 않은 인생의 쓰디쓴 술맛을 때로는 상큼하게 때로는 달콤하게 해준 이영은, 박지연, 이혜진 작가에게 감사를 전하며, 앞으로도 감미로울 우리의 술잔에 응원을 보낸다.